KB120946

세상에서 가장 아름다운 이야기,
그 사랑의 풍경을
내 마음에 담아 가장 소중한 그대에게 드립니다.

_____ 님께

_____ 드림

그래서 사랑하고
그래도 사랑한다

그래서 사랑하고 그래도 사랑한다

초판 1쇄 인쇄일 2019년 9월 20일
초판 1쇄 발행일 2019년 9월 27일

지은이 배철호
펴낸이 양옥매
디자인 임흥순
교 정 조준경

펴낸곳 도서출판 책과나무
출판등록 제2012-000376
주소 서울특별시 마포구 방울내로 79 이노빌딩 302호
대표전화 02.372.1537 **팩스** 02.372.1538
이메일 booknamu2007@naver.com
홈페이지 www.booknamu.com
ISBN 979-11-5776-775-5 (03800)

이 도서의 국립중앙도서관 출판시도서목록(CIP)은 서지정보유통지원 시스템
홈페이지(http://seoji.nl.go.kr)와 국가자료공동목록시스템
(http://www.nl.go.kr/kolisnet)에서 이용하실 수 있습니다.
(CIP제어번호 : CIP2019036236)

그래서 사랑하고
그래도 사랑한다

배철호 에세이

책과나무

사랑이, 사랑을, 사랑할 때
사랑, 그 풍경의 온도는…

남극에 사는 펭귄 중에 가장 크고 화려한 자태의 황제펭귄. 남극의 신사라고 불리는 이 펭귄은 바닷새로 비록 날지 못하지만, 물속을 자유롭게 헤엄치는 남극의 대표적인 동물이지요. 황제펭귄의 삶에서 가장 주목할 점은 바로 육아입니다. 알을 낳아 부화시키고, 먹이를 주고, 육아에 관련된 모든 것을 암수가 똑같이 함께합니다.

언젠가 이 황제펭귄을 다룬 한 방송사의 다큐멘터리는 이러한 펭귄의 부성애父性愛와 모성애母性愛를 잘 보여 주었습니다. 펭귄에 관련된 다큐는 그 주제가 부성애와 모성애가 될 수밖에 없을 만큼 부모 펭귄의 삶은 공동 육아, 오로지 정성을 다해 새끼 펭귄을 키우는 '사랑'으로 가득 차 있습니다.

이러한 사랑은 문학에서 수많은 풍경으로 그려집니다. 그 사랑의 모습과 방법도 참으로 다양하지요. 누구에게나 사랑은 함께 있음으로 행복하고, 그저 옆에 있음으로 충분한 시간이 아닐까요. 지금도 누구나 밥을 먹는 것처럼 사랑을 꿈꾸고 그리워합니다. 아마도 사랑이 멀리 달아날까 마음속에 영원히 담아 두고 가둬 두기 위함인지 모르겠습니다.

우리 사는 세상은 물고기가 물을 떠나서 살 수 없듯이 사람도 한평생 사랑을 떠나서 살 수 없습니다. 모든 생물의 존재 이유입니다. 정말 사랑의 힘은 크고 대단합니다. 사랑이야말로 우리 삶을 든든하게 지탱하는 힘입니다. 우리가 누리는 유일한 행복이고 특권이 아닐까요. 사랑은 우리 삶의 '카르마karma'입니다.

살면서 누구나 예외 없이 만나고 경험하는 사랑. 다만 사랑이라고 느끼는 그 횟수는 사람마다 다르겠지만, 더러는 정말 죽을 것 같은 이 사랑이란 정체는 도대체 무엇일까요? 설령 말한다 해도 한마디로 쉽게 간단히 표현할 수 있을까요. 그래도 표현하지 않는 사랑은 사랑이 아닙니다.

진정한 사랑은 상대가 어떤 상황에 처해 있든 그 상황을 이해해 주고, 무슨 말을 하려 할 때는 끝까지 귀 기울여 들어 주며,

함께 아파해 주고 공감해 주는 것이 아닐까요. 성경에서도 "사랑은 모든 것을 덮어 주고, 모든 것을 믿고, 모든 것을 바라고, 모든 것을 견디어 내는 마음"이라 말합니다. 흔히 상대가 원하는 것을 해 주는 것도 사랑이지만, 그보다 상대가 싫어하는 것을 하지 않는 것이 보다 더 큰 사랑이라고 우리는 말하지요.

사는 게 아무리 힘들어도, 서로 헐뜯고 힐난한다고 해도, 누군가를 아끼고 소중히 여기며 용서하고 사랑하는 마음이 지금 우리에게 필요합니다. 우리 함께 사는 이 세상에 사랑이 있는 한, 세상은 그래도 살아갈 만한 곳이 아닐까요. 사랑은 이 세상과 우주를 움직이는 위대한 에너지, 생명의 영혼입니다. 그래서 세상의 가장 소중한 사랑의 풍경을 담아 보고 그 온도를 직접 느껴 보려 했습니다.

지금도 여전히 우리에게는, 가슴이 따뜻한 사랑이 필요합니다. 작은 것에 지나치게 연연하지 말고, 인생을 좀 더 즐기며 살면 좋겠습니다. 우리에게 주어진 소중한 시간이 흘러가기 전에, 서로 아끼고 사랑하며 살아야겠습니다.

저 강물처럼 흐르는 사랑을 바라보며 배철호

작가 서문

사랑이, 사랑을, 사랑할 때
사랑, 그 풍경의 온도는   ··· 5

1부

사랑이 고운 꽃나무에
봄날처럼 걸리다

도마뱀의 사랑 ··· 15

따뜻한 사랑 ··· 19

영원한 사랑 ··· 23

위대한 사랑 ··· 27

기다리는 개는 있다 ··· 31

어느 날, 눈이 내리다 ··· 36

울림이 우리를 울리다 ··· 41

선택과 선택의 갈림길 ··· 48

아름다운 그림을 만나다 ··· 52

사랑하고 함께 나누면 된다 ··· 57

보이는 것, 보이지 않는 것 ··· 60

두 천사, 꽃보다 사람이다 ··· 65

숭고한 사랑 ··· 69

여자의 향기 ··· 73

사랑의 간격, 파이브 피트 ··· 77

세상, 그 손끝의 기적 ··· 80

갈대의 나이테 ··· 84

슬플 때, 사랑한다 ··· 88

펭귄과 허들링 ··· 96

2부

사랑이 짙게 물들어서
단풍처럼 빛나다

첫사랑, 그 빛깔과 온도 ··· 107

정말, 좋아하고 사랑한다 ··· 111

봄을 예쁘게 노래하다 ··· 115

우리가 그리워하는 것 ··· 120

마침, 목련이 피었습니다 ··· 124

사랑이 저 강물처럼 흐르다 ··· 129

아플 때, 네가 필요했다 ··· 133

내 사랑은 얼마큼 자랐을까 ··· 138

이별 후에, 우리는 다시 만난다 ··· 142

단풍에 사랑을 담다 ··· 146

詩가 가진 언어의 온도 ··· 149

돌아온 그들을 만나다 ··· 153

얼마간 사랑을 그리워하다 ··· 159

사랑이 흔하고 가볍다 ··· 162

아름다운 동행이 사랑이다 ··· 166

우리에게 그들은 사랑이다 ··· 169

행복한 가난을 꿈꾸다 ··· 175

어울림과 빚어냄 ··· 179

세상에서 가장 아름다운 꽃 ··· 184

3부

사랑이 그대 동화 속의
흰 눈처럼 내리다

그대만큼 사랑스러운 사람을 본 일이 없다 · · · 193

풀꽃이 꾸는 꿈 · · · 196

사랑을 쉽게 끄고 켤 수 있다면 · · · 201

아침에 꽃 피고, 밤에 눈 내리는 · · · 205

넘어지면, 일어서는 사랑 · · · 209

가장 받고 싶은 사랑 · · · 213

손편지에 담아 그린 사랑 · · · 217

나만의 언어를 찾아서 · · · 221

있는 그대로, 가진 그대로 · · · 225

내 마음의 풍경을 찾다 · · · 229

그대는 정말 소중한 사람이다 · · · 234

사랑, 저 안개처럼 다가오다 · · · 241

낯선 풍경 · · · 248

특별한 마무리 · · · 252

떠난 뒤, 비로소 안다 · · · 256

시, 수필, 소설이 되다 · · · 260

하늘이 사랑을 내리다 · · · 264

어떤 사랑법 · · · 271

기다리지 않고 찾아가는 사랑 · · · 275

발문 | 그냥, 그래서, 그래도 사랑 • 백우선(시인) · · · 281

작가 후기 · · · 291

살다 보면 소설이나 영화 스토리처럼 누구에게나 삶의 위기가 있고 인생의 고비와 갈림길이 있다. 우리 대다수는 그저 평범하고 보통 사람들이기에 가끔은 삶의 갈림길에서 이정표를 잃은 것처럼 방향 감각을 잃고 갈팡질팡하며 우왕좌왕할 때도 있다. 만약 그럴 때, 내 곁에 있는 누군가가 몹시 힘들어할 때면 그의 이야기에 귀를 기울여 주는 것만으로도, 그의 옆에 있어 주는 것만으로도 그 사람에게는 위안이 되고 큰 힘이 된다.

더욱이 위로의 말과 위안이 되는 따스한 손을 내밀어 주면 어떨까. 바로 한 치 앞도 보이지 않는 고통과 절망의 순간, 누군가 곁에 있어 준다는 것은 다시 일어서서 살아 나갈 수 있는 의지와 희망이 되지 않을까. "꽃은 젖어도 향기는 젖지 않는다."는 어느 시인의 말이 있다. 그 향기는 다름 아닌 '사랑'을 말함이 아닐까.

인생이 어둠 속에서 빛을 찾아가는 과정이라면, 그 힘을 발하는 것이 바로 사랑이다.

1부

사랑이 고운 꽃나무에
봄날처럼 걸리다

도마뱀의 사랑

언젠가부터 우리에게, 누군가 불쑥 내뱉는 말처럼
사랑이 너무 쉽고, 마치 새의 깃털처럼 가볍습니다.
이 순간, 지금도 어디선가 또 하나의 못다 한 사랑이
별똥별처럼, 소리 없이 저 산 너머로 떨어지고 있습니다.
이 시대, 사랑이 그 어느 때보다 귀하고 소중해졌습니다.

타이완에서 실제 있었던 일입니다. 어느 집주인이 벽을 수리하기 위해서 속이 비어 있는 '무반거치앙'라 불리는 벽을 뜯어보니 벽 속에 도마뱀 한 마리가 갇혀 있었다고 합니다. 그 도마뱀은 그냥 우연히 갇힌 것이 아니라, 누군가가 목재합판 벽 밖에서 안으로 박은 긴 못에 어쩌다가 꼬리가 물려 꼼짝도 못 하고 갇혀 있었던 것입니다.

집주인은 벽 수리 공사를 멈추고 그 도마뱀이 가엾기도 해서 이리저리 살펴보다가 깜짝 놀랐습니다. 그 도마뱀의 꼬리를 찍어 물고 있는 못이 바로 십 년 전, 그 집을 짓고 나서 자신이 박은 못이었던 것입니다. 그렇다면 놀랍게도 그 도마뱀은 벽 속에 갇힌 채 무려 십 년을 꼼짝도 못 하고 살아온 것입니다.

자신의 꼬리가 못에 박혀 움직일 수 없었던 그 도마뱀이 어떻게 십 년간이나 그 벽 속에서 살 수 있었는지, 그걸 본 집주인은 참으로 놀라지 않을 수가 없었습니다. 상식적으로 도저히 불가능한 일이었기 때문입니다. 그런데 잠시 후에 더 놀랄 만한 일이 눈앞에서 벌어졌습니다. 어디서 왔는지 다른 도마뱀 한 마리가 먹잇감을 입에 물고 살금살금 기어오고 있었습니다. 벽 속에서 꼬리가 못에 찍혀 어쩔 수 없이 갇혀 버린 도마뱀을 위하여 다른 도마뱀 한 마리가 십 년이란 긴 세월을 추우나 더우나 비가 오나 눈이 오나 한결같이 먹이를 물어 나른 것입니다.

집주인은 자신의 눈앞에서 실제로 벌어진 이 사실에 차마 입이 다물어지지 않았습니다. 이 광경은 '사랑'이라는 두 글자의 말이 아니면 설명하기가 어려웠습니다. 우리는 이 지극하고도 끈질긴 사랑, 눈물겨운 이 사랑을 그 어떤 말로도 형언하기가 어

렵습니다. 여기서 도마뱀의 행위에 대한 과학적 반론은 적절치
않겠지요.

물론 일반적으로 도마뱀은 자신이 위험에 부딪치면 꼬리를 흔
들어 적을 유인한 다음, 꼬리를 잘라 적이 당황하는 동안에 도
망쳐 숨는다고 합니다. 그런데 도마뱀은 그 종류도 많고 모든
도마뱀이 위험한 상황에서 꼬리를 자르지는 않는다고 합니다.
도마뱀의 수명도 십 년 이상에서 이십 년이라고 합니다. 우리
는 앞의 이야기를 두고서 누군가 일부러 지어낸 황당한 이야기
라고 생각하지 않습니다.

더욱이 앞에서 말한 두 도마뱀의 관계도 중요치 않습니다. 연
인 관계인지, 부부 관계인지, 어미와 자식 간의 관계인지 분명
히 알 수도 없지만 그것은 결코 중요하지 않습니다. 또 반드시
알아야 할 이유도, 필요도 없겠지요. 단지 두 도마뱀이 보여
준 가슴 뭉클한 모습을 보면서 그저 한낱 파충류에 불과한 도
마뱀의 그 숭고한 사랑을 보면서 우리 사람들도 배웠으면 하
는 바람입니다. 위험을 무릅쓰고 사랑하는 상대를 끝까지 위
하고 챙기는 그 도마뱀들이 무척 부럽습니다.

우리 주변엔 서로 죽도록 사랑하다가도 사소한 다툼으로 등을 돌리고 쉽게 헤어지는 연인을 봅니다. 그러고는 우리가 언제 사랑한 사이였느냐는 듯 너무나 가볍게 아무렇지 않은 것처럼 남남이 되는 모습입니다. 안타깝게도 깃털보다 가벼운 사랑이 매우 흔합니다. 사랑이 지천至賤인 시대입니다.

그래도, 그럼에도 불구하고

눈치 보지 말고, 머뭇거리지 말고.

이제 우리가 할 것은 사랑입니다.

주저 없이 마땅히 사랑해야 합니다.

왜냐하면 누구나 사랑에,

서툴지 않은 사랑은 없기 때문입니다.

따뜻한 사랑

오늘따라 저렇게 별빛이 유난스런 것은

내 마음에 사랑이 넘치기 때문이 아닐까요.

이런 날이면 저마다 하늘의 별을 닮아 갑니다.

별 하나가 들어와 내 눈에서 빛나고 있습니다.

아직도 당신을 사랑해서 나는 매우 행복합니다.

얼마 전에 우리가 희망처럼 말하는 기적이 내가 사는 동네에서 실제로 일어났습니다. 대학 진학을 앞둔 고3 수험생이 선천성 신장병으로 한창 입시 준비를 할 시간에 투병을 하고 있었습니다. 더욱이 그러한 아들에게 홀어머니의 신장 제공이 의학적으로 맞지 않아 하루하루 죽음을 목전에 둔 시한부 상황이었습니다.

그런데 이 학생을 살리기 위해 나선 이는 가족도 일가친척도 아닌 바로 옆집의 한 아주머니였습니다. 신장 이식 외에는 다른 치료법이 없이 죽어 가는 이웃집의 한 학생을 살리기 위해 자신의 소중한 콩팥을 제공하는 것이 말처럼 그렇게 쉬운 일일까요. 정말 여간 보통 어려운 일이 아닙니다.

아주머니가 독실한 가톨릭 신자이지만 현재 자식 없이 혼자 사는 처지에 그것은 불가능에 가까운 일입니다. 아픈 사람도 수술대에 올라간다는 것은 정말 무섭고 두려운 것이지요. 하물며 건강하고 멀쩡한 사람이 아무 탈이 없는 자신의 장기를 떼어 내어 남에게 주기 위해 수술을 받는다는 것은 여간 남을 사랑하는 마음이 지극하지 않으면 도저히 그러한 용기가 나올 수 없습니다.

수술이 만에 하나라도 잘못되는 날이면 자신의 생명도 위태로울 수 있는 상황이지요. 더군다나 자신의 아들도 아닌 남의 자식을 위해서 그런 위험을 무릅쓴다는 것은 보통 어질고 착한 사람이 아니면 감히 할 수 없는 모험이지요. 평소 아주머니를 볼 때마다 인사성이 바르던 이 학생의 모습도 아주머니의 선택에 중요한 한몫을 했습니다.

다행히 수술은 대성공이었고 그 학생은 다시 학교에 나가 공부도 할 수 있게 되었습니다. 이 일을 인연으로 두 집은 한 가족이 되었다고 합니다. 이 학생은 수술 이후 아주머니를 어머니라고 부른다는 가슴 훈훈한 이야기를 덤으로 전해 들었을 때, 그 행복감은 형언하기 힘들었습니다.

당시 나는 언론과 방송 매체가 몹시 원망스럽고 미웠습니다. 왜냐하면 하루에도 수십 수백 가지 우리 주변의 안 좋은 일들은 빼먹지 않고 시시콜콜 보도하면서 모든 사람들이 알아야 할 이런 미담美談이 크게 보도되어 널리 사람들의 입에 회자膾炙되어야 하는데 그렇지 못했으니까요. 나중에 알았지만 언론에 소개되는 것을 한사코 극구 거절한 아주머니의 간절한 부탁이 없었더라면 이 사실을 아는 사람 누구라도 나섰을 거라고 합니다.

놀라운 사실은 아주머니도 십여 년 전에 신장병을 앓았던 아들이 끝내 이식수술을 받지 못해 그만 잃고 말았다는 것입니다. 아마도 아주머니도 자신과 똑같이 자식으로 인해 가슴 찢어지는 아픔과 고통을 겪는 부모가 두 번 다시 나오지 말았으면 하는 간절한 소망이 컸지 않았을까요.

사람이 한평생 살다 보면 남을 도와주어야 할 일도 있습니다. 그 반대로 남으로부터 예상치 않게 도움을 받거나 반드시 도움을 받아야 할 일도 있겠지요. 세상살이가 다 내 뜻대로 되기란 참 어렵습니다. 그런데 사람들은 남을 도와준 일은 잘 잊어버리지 않고 마음속에 깊이 기억해 두는 반면, 남한테서 도움을 받은 일은 언제 그랬냐는 듯 곧잘 잊어버리고 삽니다.

그보다는 오히려 남을 도와준 일은 잘 잊어버리고 남에게 도움을 받았던 일은 고맙게 생각하고 마음에 두고두고 새겨 두어 그 은혜를 갚는 일에 소홀함이 없다면, 보다 따뜻한 인정이 오고 가는 훈훈한 세상이 되지 않을까요. 사랑이 넘치는 세상이 되지 않을까요.

남의 도움을 받는 일은 사랑의 빚을 지는 일입니다.
그 빚을 다 갚고 나면 사는 재미가 없어질지 모릅니다.
가진 것을 아낌없이 모두 다 주었을 때 우리는 행복합니다.
이 세상 그 무엇보다도, 그 누구보다도 행복합니다.

영원한 사랑

4백 년 전에 부친 편지는

시들지 않는 처연한 아름다움으로 피어나고

능소화 붉고 큰 꽃송이는

결코 영원히 끝나지 않을 사랑을 노래하네요.

햇살 따사로운 여름날, 담 너머로 고개를 내밀듯 붉고 큰 꽃송이를 피우다 활짝 핀 모습 그대로 지는 능소화. 여느 꽃처럼 시들지 않고 꽃송이째 떨어지는 모습이 처량해 보이기도 하고 핏발 선 저항으로 보이기도 한다는 능소화에는 어여쁜 여인이 꽃이 되어 임을 기다리며 담 너머를 굽어본다는 전설이 있지요.

다음은 1998년 안동에서 발견된 편지로, 이 편지가 공개되자 우리 국민은 물론 세계인을 울린 450년 전 조선시대에 있었던 사랑 이야기입니다.

"원이 아버지에게. 당신, 언제나 나에게 둘이 머리 희어지도록 살다가 함께 죽자고 하셨지요. 그런데 어찌 나를 두고 당신 먼저 가십니까? 당신은 나에게 마음을 어떻게 가져왔고 또 나는 당신에게 어떻게 마음을 가져왔었나요. 함께 누우면 언제나 나는 당신에게 말하곤 했지요. '여보, 다른 사람들도 우리처럼 서로 어여삐 여기고 사랑할까요? 남들도 정말 우리 같을까요?'

어찌 그런 일들 생각하지도 않고 나를 버리고 먼저 가시는가요? 당신을 여의고는 아무리 해도 나는 살 수 없어요. 빨리 당신께 가고 싶어요. 나를 데려가 주세요. 당신을 향한 마음을 이승에서 잊을 수가 없고, 서러운 뜻 한이 없습니다. 내 마음 어디에 두고 자식 데리고 당신을 그리워하며 살 수 있을까 생각합니다.

이 내 편지 보시고 내 꿈에 와서 자세히 말해 주세요. 꿈속에서 당신 말을 자세히 듣고 싶어서 이렇게 써서 넣어 드립니다. 당신을 여의고는 아무리 해도 나는 살 수 없어요. 빨리 당신께 가고 싶어요. ……"

국립 안동대학교에서 발굴한 무덤에서 나온 많은 유품 중, 무덤의 주인인 남편에게 보낸 아내의 편지입니다. 함께 나온 미투리는 이 부부의 애틋한 사랑을 짐작하게 합니다. 미투리를 싸고 있던 한지가 훼손되어 내용을 모두 알 수는 없지만, 한지에 "이 신 신어 보지도 못 하고……"라는 내용으로 보아 병석에 누운 남편을 위해 자신의 머리카락으로 신을 삼았으나 신어 보지도 못 하고 죽자 미투리를 남편과 함께 묻어 준 것으로 보입니다.

죽은 남편을 따뜻하게 품어 주기라도 하듯 가슴을 덮고 있던 아내의 편지. 애틋한 내용은 읽는 사람으로 하여금 눈시울을 적시게 합니다. 이들 부부의 사랑이 단순한 흥미와 호기심을 넘어서서 눈물을 자아내기에 충분합니다.

남편의 죽음으로 헤어질 수밖에 없었던 이 부부의 사랑이 담긴 편지가 어느 날 갑자기 21세기를 살아가고 있는 우리들 눈앞에

펼쳐진 것은 이 부부의 가슴 저미도록 애절한 사랑에 감동한 하늘의 뜻일 것 같다는 생각은 비단 나만의 생각일까요. 450년 전에 부친 이 편지가 우리에게 결코 시들지 않는 처연한 아름다움을 가진 붉고 큰 능소화 꽃송이로 피어난 이들 부부의 영원한 사랑이라 하지 않을 수 없습니다.

어느 날 꿈속에서 보았던 붉은 능소화 한 송이
난 아직도 꿈을 꾸는 듯 그 꽃은 여태 살아 있어
오늘도 내 가슴에 피어나 늘 붉게 웃음 짓는 것처럼
능소화 피어날 때 내가 사랑하는 당신이 온다고 하네요.

위대한 사랑

당신에게 사랑한다는 말 입안에 있었는데
살아 있을 때는 너무 가까이 있어 말 못 하고
영영 떠난 후는 너무 멀어서 차마 말 못 하고
끝내 사랑한다는 말은 마음속에 접어 두었네.

살다 보면 정말 선택하기 어려운 문제에 봉착하기도 합니다. 만약에 내 자신이, 내 아내가, 내 가족이 암 투병 중에 아기를 임신한 사실을 알았다면 우리는 어떤 선택을 해야 할까요?

실제로 몇 해 전, 미국에서 한 여성이 암 치료를 스스로 포기하고 딸을 낳고 숨져 우리에게 잔잔한 감동을 전해 주었습니다. 그 주인공은 암 투병 중이었던 엘리자베스 조이스. 의사는 항암 치료를 받고 나면 그녀가 다시는 임신할 수 없을 것이라고 했습니다. 조이스 그녀 자신도 임신에 대한 기대감을 조금도 가지지 않았다고 합니다. 그러던 그녀에게 새 생명이 찾아왔습니다.

사실 아기를 임신하기 2년 전, 이미 36살의 나이에 조이스는 암 선고를 받았습니다. 그리고 암 치료를 받는 과정에서도 의사로부터 불임이 될 수도 있다는 이야기를 들었습니다. 그런데 고통스럽고 힘들었던 암과의 싸움에서 이겨 낸 조이스에게 기적 같은 일이 벌어졌습니다. 항암 치료가 끝나고 조이스는 예쁜 딸을 임신했습니다.

하지만 그녀의 기쁨도 잠시, 임신 중 암은 재발했고 조이스의 몸에 빠르게 퍼져 나갔습니다. 다시 암 치료를 받기 위해서는 배 속의 아이를 낙태해야만 했습니다. 그런데 이때 조이스는 보통 사람과 많이 다른 결정을 했습니다. 아이를 살리기 위해 치료를 멈췄고, 새 생명을 위해 기꺼이 자신의 죽음을 선택하는 그녀만의 결정을 했던 것입니다. 자신의 생명보다는 아이의 생명을 택하고 모든 화학적 암 치료를 하지 않기로 결정했습니다.

종양이 폐까지 전이되어 숨쉬기조차 힘들었지만 그녀는 아이를 포기하지 않았습니다. 마침내 출산 예정일을 두 달 앞두고 제왕절개로 건강한 아이가 태어났습니다. 그녀의 딸인 릴리를 출산한 것입니다. 이 놀라운 순간을 최대한 즐겨야 하겠지만, 조이스 그녀에겐 그것을 즐길 시간이 없었습니다. 암은 이미 폐와 뼈로 전이돼 더 이상 치료할 수 없는 상태가 되었습니다.

출산한 지 채 6주가 안 되어 조이스는 결국 세상을 떠났습니다. 조이스의 숭고한 마음과 용기는 그녀를 만난 많은 세상 사람들에게 정말 큰 영향을 줬습니다. 태어날 딸을 위해 자신의 목숨을 포기한 조이스, 그녀의 끈질긴 모성애母性愛가 전 세계인의 가슴을 울렸습니다.

임신 중 암 치료를 중단하고 자신의 목숨과 태어날 딸의 생명과 기꺼이 행복하게 바꾼 엄마 조이스의 이야기. 또 중국 허베이성의 한 백화점에서 추락 직전의 엘리베이터 속에서 세 살 난 아들을 밀쳐내어 살리고 자신은 숨졌던 엄마. 이외에도 아이를 위해 기꺼이 희생을 선택한 엄마의 마음은 참으로 눈물겹습니다. 엄마의 조건 없는 희생적인 사랑이 얼마나 무한하고 위대한 것인지 잘 보여 주는 것 같아 우리의 가슴을 내내 뭉클하게 만듭니다.

아무리 세상이 변해도 그저 입에 담기만 해도 뭉클해지는 단어 '엄마', 그 존재를 잊고 지낸 사람들은 오늘 엄마께 전화 한 통 해 보는 것은 어떨까요. 전화를 받은 엄마는 또 속으로 얼마나 기뻐할까요. 행복해할까요.

오늘은 바람 불고 비 오는 거리에서 처음으로
당신을 '그리움'이란 이름으로 불러 보지만
당신은 이미 어느 곳에서도 보이지 않았습니다.
엄마는 떠나고 허전한 그 빈자리만 남았습니다.

기다리는 개는 있다

사랑은 눈에는 보이지 않지만 눈으로 볼 수 있다.

그런 사랑은 어디서나 마음속 깊이 서로를 믿는다.

그 사랑이야말로 우리에게 가진 것 이상의 힘을 준다.

그리고 사랑하는 모든 이들의 마음을 감동하게 만든다.

말 못 하는 동물도 사랑하면 어느새 사랑의 물길이 튼다.

지난 4월, 강원 지역에 발생한 산불로 엄청난 규모의 산림과 가옥들이 피해를 보는 안타까운 일이 있었습니다. 그 피해 규모가 무려 축구장 면적 735배에 달하는 산림과 가옥을 태울 만큼 엄청난 초대형 산불이었습니다. 이 산불은 강원도 고성과 속초 주민들의 삶의 터전은 물론 소중한 추억을 무참하게 앗아갔습니다.

이런 가운데 전소全燒된 집 앞에서 하염없이 주인을 기다리고 있는 개의 모습이 카메라에 포착되어 화제가 됐습니다. 털이 검게 그을린 채로 불에 탄 집을 여전히 홀로 지키며 주인을 기다리는 개. 강원도 고성군 토성면 용촌1리 마을에서 발견된 개의 모습은 차마 말 못 하는 동물들에게도 산불이 큰 재난이라는 것을 실감케 했습니다. 이 개는 목줄을 하지 않고 있어 불을 피해 마을을 떠날 수 있었지만, 마치 자신을 데리러 돌아올 주인을 기다리는 듯 전소된 집 앞에 외롭게 서 있었습니다.

강원 산불 한 달 후, 5월에 교육방송 프로그램 〈세상에 나쁜 개는 없다〉에서 '산불, 그 후 남겨진 개 이야기'가 전파를 타고 전국에 방영되었습니다. 내용은 다름 아닌 산불의 화마火魔 속에서 살아남은 개들의 이야기였습니다. 살고 있는 집에 불이 붙자 혹시 주인이 나오지 못할까 봐 불속에 무작정 뛰어들었다는 개. 완전히 타 버린 집을 떠나지 않고 여전히 주인을 기다리는 개. 그리고 한참만에야 다시 집을 찾아온 주인을 만나 반가워서 어쩔 줄 몰라 하며 이리저리 날뛰는 개들의 모습은 시청자의 마음을 뭉클하게 했습니다.

그중에서도 '금비'라는 이름을 가진 개의 모습은 기어이 눈시울을 적시게 만들고야 말았습니다. '금비'는 생전 처음 겪어 보는 그 무시무시한 화마가 얼마나 놀랍고 무서웠는지 마치 정신이 나간 사람처럼 표정 없이 구석에서 미동도 않고 먹이도 거부하고 있었습니다. 사람에게만 있는 줄 알았는데 동물인 개가 놀랍게도 '공황 상태'를 진단받은 것입니다. 보는 이를 안타깝게 만든 장면이었습니다.

우리나라에는 사람과 개에 관련된 이야기가 많이 있습니다. 우리가 잘 아는 '오수의 개' 이야기는 고려시대 최자의 『보한집補閑集』에 그 기록이 남아 있습니다. 오수 마을에 한 노인이 살고 있었답니다. 그는 자신이 기르는 개를 무척 귀여워해서 밤이나 낮이나 항상 데리고 다녔답니다.

그러던 어느 날, 노인의 나들이 길에 여느 날처럼 개도 따라나섰지요. 그런데 주인인 노인은 그만 술에 취해 돌아오다가 들녘에서 잠이 들었어요. 그런데 마침 봄바람을 타고 큰 산불이 일어났습니다. 번져 오는 그 불길에 주인의 생명이 위태롭다고 느낀 개는 가까운 개울에 가서 자신의 온몸을 물로 흠뻑 적신 뒤 주인의 주변을 여러 차례 적셔서 불길에서 주인의 생명을 마침내 구했다는 겁니다.

그렇게 주인의 목숨을 구했지만, 개는 기진맥진하여 그만 쓰러져 죽고 말았지요. 얼마 뒤 주인인 노인은 잠에서 깨어났고, 모든 상황을 알게 됐지요. 자기의 생명을 바쳐 주인의 목숨을 살린 개를 고맙고 갸륵하게 여긴 노인은 양지바른 곳에 그 개를 잘 묻어 주고, 무덤 위에 자신의 지팡이를 꽂아 주었답니다. 그 지팡이에서 싹이 나고 뿌리가 내려서 훌륭한 나무가 됐답니다. 사람들이 이 나무를 '개나무'라고 불렀고, 이 충직하고 갸륵한 개 이야기는 인근에 널리 퍼져 그 마을 이름이 아예 개나무, 즉 '오수獒樹'라 불리게 되었습니다.

검게 그을린 채로 불에 탄 집을 홀로 지키며 주인을 기다리는 개. 개는 마치 '주인님, 저를 잊지 마세요. 여기서 언제까지나 기다리고 있어요.'라고 말하는 것처럼 보였습니다. 게다가 이 개는 당시의 엄청났던 화마에 온몸의 털이 검게 그을린 상태라 더욱 안타까움을 더했습니다.

모든 걸 잃은 사람 못지않게 놀람과 고통을 견디면서 주인을 기다리는 개의 모습은 평소 주인의 따뜻한 사랑이 있었기에 가능했지 않을까요. 더욱이 공황 상태에 놓였던 '금비'가 사람들의 정성 어린 관심과 치료로 조금씩 차도를 보이는 모습은 모두에게 희망의 메시지를 던져 주었지요.

이처럼 사랑은 말 못하는 동물의 마음마저 움직이는 힘마저 가졌습니다. 산불 이후 주인을 기다리는 개를 본 많은 사람들은 아마도 주인과 다시 만나 행복하게 살았으면 좋겠다는 생각을 하지 않았을까요.

추억의 순간이 영원할 수 없기에 더욱 소중한 것이 사랑이다.

설령 우리 곁을 떠나는 이별의 순간에도 그 온기는 남아 있다.

사랑은 언제 어디서나 그렇듯이 늘 자취 있는 온기이다.

어느 날, 눈이 내리다

사랑엔 언제나 일정한 시간이 필요해요.

마음을 주고받으며 울고 웃을 수 있는 시간이.

그리고 무엇보다 귀 기울여 주는 마음이 중요해요.

한 사람을, 그 한 사람을 사랑한다는 것은 오롯하게

그 한 사람의 마음에 내 마음을 조용히 새기는 일이거든요.

어떤 가족입니다. 어머니의 걱정으로 아무 탈 없는 하루를 마친 가족들이 밥상머리에 빙 둘러앉습니다. 밥그릇과 국그릇, 숟가락과 젓가락이 짝을 맞추듯 앞으로 나란히 합니다. 어머니가 오물조물 잘 무쳐 낸 콩나물과 시금치나물이 서로 정겹습니다. 구수한 된장찌개 옆에는 모처럼 고등어 두 마리가 보기 좋게 나란히 누워 있습니다.

내일이면 아들이 군엘 간다고 오늘은 모처럼 진수성찬입니다. 평소에는 변변한 찬거리가 없어도 밥상 위의 숟가락 젓가락이 바빴습니다. 그래도 가족이라는 이름으로 이렇게 함께 음식을 나누게 한 것은 모두 이 밥상의 힘이었습니다. 어머니의 사랑이었습니다.

밤새 눈이 내렸습니다. 새벽녘부터 주방에서는 달그락달그락 그릇 부딪히는 소리와 함께 김이 모락모락 피어올랐습니다. 군 입대로 먼 길 떠나는 아들에게 먹일 따스한 아침밥 밥 푸는 소리와 밥상을 차리는 소리가 아들의 귓가에 고요하게 와 닿습니다.

이윽고 아들과 나란히 집을 나선 어머니 손에는 삶은 고구마와 계란 등 먹거리가 든, 작은 가방 하나가 들려 있습니다. 아들과 함께 걸으면서도 어머니는 아무 말이 없으십니다. 그러면서도 어머니는 버스 정류장에서 아들이 타고 갈 버스가 조금이라도 천천히 왔으면 하는 바람을 가져 봅니다.

그런데 야속하게도 버스는 이내 바람처럼 달려왔습니다. 아들은 어머니가 건네준 가방을 말없이 받고 인사도 제대로 하지 못한 채 버스에 올랐습니다. 버스 뒷좌석에 앉아 창밖 어머니를 똑바로 바라보지 못했습니다. 버스가 출발하자 비로소 아들의 눈은 창밖을 향했습니다. 버스가 멀어지자 아들의 눈에 어머니의 모습은 점점 작아지더니 마침내 하나의 점으로 남았습니다.

그런 아들을 향해 어머니는 들릴 듯 말 듯 작은 소리로 중얼거립니다.

"아이고, 내 새끼 아무쪼록 무탈하게 잘 댕겨 오니라."

어머니는 들판에 던져진 풀씨처럼 한 알의 씨앗이 되어 모진 세월을 견뎌 냈습니다. 평생을 오직 자식들의 뒷바라지와 해바라기로 구름이 해를 가리면 내리는 비를 눈물로 머금고 사셨습니다. 그래서 어머니의 뒷모습은 늘 해가 들지 않는 그늘이었습니다.

하루의 끝이 늘 애잔한 것은 비단 서산에 넘어가는 노을 때문만이 아닙니다. 우리가 두 눈으로 똑바로 해를 쳐다볼 수 없도록 빛나는 것은 해의 뒤가 그만큼 어둡다는 것입니다. 앞이 빛나면 뒤는 그만큼 어둡습니다.

그래서인지 모르겠으나 언제나 가족들의 뒤는 애잔한 어머니의 차지가 되었습니다. 어머니는 평생을 하얀 눈물의 세월로 살아가며 그 사랑은 저 혼자 그리움으로 익어 불타는 해바라기가 되었습니다. 어느 순간, 아들에게 점으로 남았던 그 점마저도 그 아들의 곁을 영영 떠나고 말았습니다. 이제 그 아들에게 어머니의 사랑은 함박눈이 되어 내릴 것입니다.

오늘따라 창밖에서 바람에 흔들리는 꽃들처럼 잠을 이루지 못 하고 뒤척입니다. 비록 지금 우리가 할 수 있는 것이 때늦은 후회밖에 없다 할지라도 그 후회마저 절실하기에 그냥 하게 놔두럽니다. 어떤 그리움보다도 반복되는 후회와 연속되는 아쉬움의 끝자락에서 당신이 보고 싶습니다. 꽃씨 하나 되어 이제는 당신 가슴 한복판에서 사시사철 고운 꽃으로 피어나고 싶습니다.

살아생전에는 당신에게 그 흔하게 받았던, 그러나 지금은 받고 싶어도 받을 수 없는 엄마의 밥상이 아들에게는 세상에서 가장 받고 싶은 상이 되었습니다. 그래서 언젠가 초등학교 한 어린이가 써서 우리 모두의 눈시울을 적시고 화제가 되었던 동시의 한 구절이 오늘따라 더욱 생각납니다.

보고 싶고, 많이 보고 싶다.

내가 사랑하고 사랑하는 엄마,

세상에서 가장 받고 싶은 상은

엄마가 차려 주는 엄마의 밥상.

울림이 우리를 울리다

지금 당장 혹은, 아주 먼 훗날쯤에

잊지 못할 이 세상을 내려놓고 떠나려 할 때,

'너 하나 있으니' 하며 빙긋이 웃고 눈을 감을 만한

그 한 사람이 지금 그대 옆에 있나요. 바로 옆에 있나요.

어쩌면 세상에서 가장 좋은 벗, 믿을 만한 친구는 누구일까요.

쓸쓸한 웃음도 기쁘게 받아 주며 이해해 주는 사람이 아닐까요.

늙는다는 것은 경험과 지혜를 얻는 대신, 몸의 기능을 하나씩 잃어 가는 과정일지도 모릅니다. 그런데 누군가는 너무나 쉽게 귀로 듣는 일을, 누군가는 너무나 쉽게 걷는 것을, 너무나 당연한 것을 어느 순간 예고 없이 잃어버리기도 하지요. 그리고 또 어떤 누군가는 평생 힘들게 얻어온 그 경험과 지혜조차 잃어버리고 도무지 기약 없는 치매라는 깊고 깊은 어둠의 강에 잠기기도 합니다.

어느 날 문자가 왔습니다. 시간 좀 낼 수 있냐고. 친구 K를 대학 시절부터 오래도록 스스럼없이 만나 왔지만, 그동안 한 번도 먼저 만남을 제안한 적이 없었습니다. 살아온 경험과 동물적 직감으로 무슨 일이 있나 보다 싶어 다른 모든 일을 미루고 정해진 시간에 약속 장소로 나갔습니다.

한동안 서로 바쁘다는 핑계로 만나지 못한 기간이 오래되었지만 첫눈에 환자처럼 무척 수척해진 얼굴과 몹시 야윈 K를 보고 속으로 적잖이 놀랐습니다. 시를 쓰는 K는 말수가 적고 내성적이지만 누구보다도 유머 있고 감정이 풍부해 늘 해맑은 얼굴을 했던 친구입니다. 그런데 이번엔 그러한 그가 아니었습니다.

> "그동안 연락이 뜸했다. 미안하다. 어머니가 치매이셔. 그래서 그동안 소원했다……."

K는 그렇게 한마디 툭 던지며 눈시울이 이내 붉어졌습니다. 전혀 예상치 못한 K의 말을 듣고는 얼른 대답을 못했습니다. 순

42

간 할 말을 잊고 있었습니다. 마치 내 어머니의 치매를 처음 진단받은 것처럼. 비로소 정신을 차리고 가까스로 "뭐가 미안해, 언제부터⋯⋯."라는 말을 간신히 내뱉고 있었습니다.

"벌써 3년이나 됐어. 오늘 요양병원에 모셨어."
"상황이 그런데도 왜 한 번도 말하지 않았니?"
"그게 뭐 자랑이라고."

K는 스스로가 올해 고희를 앞둔 어머니의 치매를 쉽게 인정하지 못했다고 털어놓았습니다. 병원엘 다니며 치료하면 그래도 좋아지겠거니 하고 차마 말할 수 없었다고 합니다. 어머니의 치매가 남에게 부끄럽기까지 했다고 합니다. 처음엔 어이가 없었습니다. 우리 두 사람은 술잔을 주고받았습니다. 그에게 자초지종을 듣고 보니 한편으로 그럴 수도 있겠다는 생각이 들었습니다.

3년 전 어느 날, 퇴근하는 K에게 느닷없이 '오빠는 왜 장가를 가지 않느냐?'고 물었던 그의 어머니. 그렇게 K에게 시작된 치매 어머니와의 색다른 동거는 '웃고 우는 드라마'였습니다. 그런 '어머니 드라마'가 어떤 결말로 가려는지 자신과 아내의 몸에 이상 증상이 나타났다고 합니다.

먼저 아내는 시어머니 병수발에 우울증과 대인기피증을 앓았고, K 자신에게도 원인 모를 두통이 생겼습니다. 처음에는 가벼운 두통으로 시작되어 점차 관절로 이어져 팔다리와 온몸 신경에 통증이 생겼답니다. 그 통증이 마치 대상포진의 통증과 비슷할 정도로 아프고 도저히 참기가 어려울 지경에 이르렀다고 합니다.

어머니와 함께 아내, 자신까지 세 사람이 치료를 시작했지만 도무지 진전과 차도가 없었습니다. 게다가 하루가 다르게 점점 심해져 가는 어머니의 치매 증세가 아내와 자신을 더 이상 버티지 못할 정도로 지치게 만들었습니다. 한계점에 이르렀던 것입니다. 긴병에 효자 없다고, 오늘 어머니를 요양병원에 모시게 된 이유였습니다.

며칠 전, 퇴근길에 무심코 눈에 띈 요양병원 현수막, K의 마음을 몹시 흔들었습니다. 치매전문 요양병원 개원 현수막이었습니다. 그날 이후 몹시 마음이 흔들렸습니다. 무엇보다 요양병원으로 어머니를 모시는 것이 불효라는 생각에 고민하고 또 고민했습니다. 그러다 오히려 그것이 어머니를 더 잘 모시는 방법이라는 생각을 하게 되었습니다.

주변 지인 그 누구에게 물어봐도 요양병원에 모시는 것이 결코 불효가 아니라는 이야기를 들었기 때문입니다. 그리고 무엇보다 아내를 더 이상 그냥 그대로 둬서는 안 되고 살려야겠다는 생각도 했답니다. 그렇게 해서 '어머니 드라마'는 파란만장한 예고편을 거쳐 요양병원에 모시는 결말로 가게 되었던 것입니다.

K의 어머니는 일찍 남편을 잃고 오로지 아들만 바라보며 어머니 당신보다 더 챙기며 평생을 사셨다고 합니다. 학창 시절 내가 K의 집에 들를 때마다 늘 웃으며 맞아 주시고 따뜻한 밥을 주셨던 어머니. 그 고마움에 장래 문학도를 꿈꾸던 내가 가끔사 들고 가는 꽃 한 송이, 시집과 소설집 한 권에 감동하시는 문학소녀 같았던 어머니였습니다.

우리는 그날 밤이 늦도록 술잔을 서로 주고받았고, K의 이야기를 들으면 들을수록 마음이 더 쓰리고 아팠습니다. 언젠가 보았던 주말 드라마의 한 장면에서 '망막 색소 변성증'을 앓고 있는 주인공이 나이가 듦에 따라 자신의 시각 장애가 점점 심해지는 것을 두고 말하던 독백이 떠오릅니다.

"그나마 다행스럽게 나는 눈으로 보는 것만 잃어버리고 있다. 내게는 아직도 걸어 다닐 만한 든든한 두 다리와 세상을 듣는 귀와 이렇게 두 눈이 멀어져 가도 나 자신을 받아들일 수 있는 지혜가 고스란히 남아 있다는 것은 얼마나 다행인가. 감사하자. 감사하고 또 감사하자. 나는 사랑하는 내 아내의 남편이고, 아이들의 아버지이고, 무엇보다지금 이렇게 두 발로 서 있지 않은가!

집에서 키우는 십여 년 남짓한 수명을 가진 애완견도 점차나이 들면서 몸의 기능이 노화되고 퇴화되어 노견老犬이 되어 가는 것을 본다. 하물며 백세를 누리는 사람이라고 생로병사에서 예외일 수 있으랴. 사람도 나이 들면 몸의 기능이 어딘가 하나씩 탈이 생기는 것이 어쩌면 당연한 자연의 섭리가 아닌가 싶다."

언제 들어도 울림이 있는 감동의 명대사입니다. 많은 치매 가족은 부모를 요양원이나 요양병원에 모시는 것이 불효라는 생각에 선뜻 나서지 못 하고 많은 고민을 합니다. 그렇지만 결코 불효가 아닙니다. 다만 경제적인 부담이 있으므로 가족들이 함께 의논하고 비용을 분담하고 결정하면 됩니다.

요양시설에는 그 나름대로 가정에서 할 수 없는 보살핌이 있습니다. 예를 들면 식사를 잘 못하면 링거나 다른 식사 대용품으로 할 수 있고, 환자의 신체 상태를 오히려 더 자주 체크할 수 있다는 점에서 환자에게도 좋은 부분입니다. 대신 가족들이 부모님을 자주 찾아뵈어 '현대판 고려장'처럼 버림받지 않고 보살핌을 받고 있음을 환자가 느끼게 한다면 나머지 가족도 행복할 수 있는 방법이 아닐까요.

살면서 예고치 않은 치매의 방문은 없었으면 합니다. 그래도 치매가 부득이 찾아온다면, 이제는 그 옛날 천연두 마마처럼 잘 맞이하여 곱게 다스리고 함께 지내야 할 손님이 아닐까 하는 생각을 합니다.

> 자신이 사랑받고 있지 않다고 믿는 이들과
> 주는 사랑을 믿지 못 하고 시험하는 이들에게도
> 우리가 할 수 있는 일은 끊임없이 사랑하는 일입니다.
> 사랑한다 말하는 대신 질리도록 그저 사랑하는 일입니다.

선택과 선택의 갈림길

사랑에는 어쩌면 사그라지는 불빛이 있나 보다.

모든 일처럼 때가 되면, 사랑도 결국 사그라진다.

단 한 번의 입맞춤도 지탱하지 못하는 사랑이 있다.

그래도 한평생을 넘어서도 끝나지 않는 입맞춤이 있다.

그것은 헤어지는 것이 아닌 영원히 같이한다는 말이다.

〈둘이서만 살고 싶었다〉라는 제목의 NHK가 제작한 다큐멘터리가 일본 열도를 울렸습니다. 다큐멘터리에 소개된 이야기는 실제 일본에서 있었던 일입니다.

일흔일곱 살 할아버지와 치매 걸린 할머니가 황혼 여행을 떠났다가 갑자기 실종됐습니다. 일본 공영방송인 NHK 취재팀이

이 노부부의 아들과 함께 몇 달에 걸쳐 두 사람의 행적을 추적했습니다. 단서를 찾기 위해 먼저 신용카드를 사용한 기록을 찾아봤더니 여행길은 노부부의 옛 신혼여행지에서 시작했습니다. 부부가 평소 즐겨 올랐던 산을 거쳐, 자주 갔던 온천에서 25일 만에 끝났습니다. 그곳 바닷가에서 발견된 남편의 외투에는 다만 동전 몇 개만 남아 있었습니다. 부부는 마지막 추억 여행에서 가진 돈을 남김없이 쓰고 함께 바다로 들어갔던 것입니다.

이처럼 노년기에 찾아온 치매 문제는 우리 사회의 간단치 않은 문제가 되었습니다. 그러다 보니 현대판 고려장이 적지 않게 발견되어 우리의 마음을 아프게 합니다. 이제 우리 사회 노인 치매가 불러온 비극은 비단 일본뿐만 아니라, 당장 내 주변에서도 결코 낯설지가 않습니다.

불과 얼마 전 전북 군산에서 80대 할아버지가 치매를 앓던 할머니를 10년 동안 보살피다 숨지게 한 사건이 있었습니다. 남편인 할아버지는 자기마저 감당하기 힘든 병에 걸리자 극단적 선택을 했습니다만, 차마 따라가지 못한 채 숨진 아내 곁에서 그저 울고 있었다고 합니다. 참으로 가슴 아픈 사연이 아닐 수 없습니다.

그런데 같은 날 충남 예산에서 치매 간병 할아버지의 또 다른 사연이 전해졌습니다. 아흔한 살의 할아버지가 요양 보호사 국가 자격증 시험에 최고령으로 합격했다는 소식이었습니다. 할아버지는 치매 증세를 보이는 아내를 위해 작년부터 자격증 도전에 나섰습니다. 아내와 한날 함께 떠나자고 했던 약속을 지키려면 어떻게 해야 하는지 고민했다고 합니다.

할아버지는 이제 전문적인 지식으로 할머니의 식사와 목욕, 일상을 더 잘 수발할 수 있게 됐습니다. 그러면서 한 달에 오륙십만 원씩 가족 요양 급여도 받을 수 있으니 좋게 말하면 일석이조인 셈입니다. 그러나 아흔 살이라는 고령에도 불구하고 이런 선택을 할 수밖에 없었던 할아버지의 절박함을 우리가 다 헤아리긴 어려울 겁니다. 아마 많은 사람들이 자식들은 다 어디 가고 그 연세에 그렇게 해야만 하느냐고 말할지도 모릅니다.

우리는 앞에서 노부부의 서로 다른 선택을 목도했습니다. 이 두 갈래 선택에 대해서 그 누구도 선뜻 잘잘못과 옳고 그름을 말할 수 없을 것입니다. 내 자신이 직접 그 처지와 상황에 놓여 있지 않은 상태에서는 쉽사리 말할 수 없기 때문입니다. 치매 부모를 둔 자식과 가족의 고통과 아픔을 정확히 헤아릴 수 없기 때문입니다.

불교에서는 수백 수만 겁劫에 걸쳐 연緣을 쌓아야만 비로소 현생에서 부부의 인연으로 맺어진다고 합니다. 그 무거운 인연조차 감당할 수 없게 만드는 치매 앞에 이 시대 노년의 삶이 눈물겹게 위태롭기만 합니다.

이제, 주기만 하는 사랑이라고 아까워하지 말고
오히려, 더 많이 줄 수 없음을 아쉬워했으면 합니다.
그럴수록 가진 사랑은 줄지 않고 그 양이 늘어납니다.
알아 갈수록 점점 알 수 없는 것이 사랑의 정체입니다.

아름다운 그림을 만나다

내 사랑이 옳다면 화낼 필요가 없고

내 사랑이 틀렸다면 화낼 자격이 없다.

가슴에 새기고 화나는 일이 있을 때마다

이유 모를 좋은 향기를 맡아 보고 싶다면

가끔 우리 사랑을 꺼내어 보면 될 일이다.

"이 무더위를 우리 아파트 경비 아저씨들은 어떻게 견디시나 요즘 늘 마음 한편이 무겁습니다."

유례없던 폭염으로 모두가 힘들었던 작년 여름, 한 언론에 소개되었던 미담美談입니다. 하루는 서울시 서초구 S아파트 엘리베이터에 주민들의 의견을 묻는 한 안내문이 붙었습니다.

"25년째 이 아파트에 살고 있는데 밤낮으로 고생하시는 경비 아저씨께 수고로움을 받기만 하고 그동안 뭐 하나 해 드린 게 없는데, 경비실에 냉방기가 설치되면 각 가정에서 월 2천 원 정도의 전기사용료를 나눠 낼 의향이 있으신가요?"

이 안내문은 아파트 주민 중에 어느 교수 부부가 붙인 것이었습니다. 그로부터 일주일 만에 '○○호 찬성'이라는 포스트잇이 24개가 붙었습니다. 전체 가구 수가 30가구임을 고려하면 80%의 찬성률이었습니다.

부부는 경비실 공간에 알맞은 소형 에어컨을 자비로 구입해 설치했습니다. 그러자 이 아파트 관리사무소장도 부부의 선행에 화답하는 차원에서 자비로 경비실 초소 등 2곳에 에어컨을 또 설치했습니다. 이 부부의 경비원에 대한 '에어컨 선행'이 언론을 통해 알려지고 또 다른 언론의 취재가 이어지자, 오히려 주목받는 것이 부끄럽다는 듯 손사래를 쳤습니다. 신문에 사진이 실리는 것도 극구 거절하였습니다.

부부는 "주민들과 함께한 일이기 때문에 저희가 주목받을 일이 아니다."라고 거듭 말하면서, "이번 사례가 그저 하나의 미담으로만 끝나지 않고 다른 곳에도 온정이 확산되는 계기가 되길 바란다."고도 했습니다. 그리고 "에어컨 설치로 추가되는 월 전기료 6만원을 30가구로 나누면 두 달에 4천 원에 불과한데, 이는 누구나 먹는 커피 한 잔 값에 불과하다."고 설명을 덧붙였습니다.

애초에 부부는 당초 경비실에 에어컨을 설치하면서 전기료도 직접 낼 생각이었다고 합니다. "다소 귀찮고 불편할 수도 있지만 같은 공동체에서 살고 있다는 점을 깨닫는 계기가 됐으면 해서 의견 수렴 과정을 거쳤다."고. 그리고 "각자 자산을 조금이라도 떼어 공동체에 쓰겠다는 마음가짐이 우리 모두에게 필요한 것 같다."고 부연했습니다.

부부가 이 프로젝트 추진을 서두른 것은 '입주자대표회의'를 통해 의견을 수렴하는 동안 더운 여름이 다 지나갈 것 같아서였다고 합니다. 일단 경비실 추가 전기료를 주민들이 십시일반十匙一飯으로 내는 방식의 결과가 긍정적이면 파급 효과가 생길 것으로 부부는 예상했고, 기대는 현실이 됐습니다.

부부는 "이 사실이 알려지면서 다른 아파트에 사는 지인들이 어떻게 하면 경비실 에어컨 설치를 추진할 수 있느냐고 묻는 연락이 온다."면서, "이는 아파트 주민 모두가 문제의식을 느끼고 있으면서도 그동안 선뜻 나서지 못했다는 의미"라고 말을 덧붙였습니다. 아울러 부부는 기계화 시스템이 경비원을 대체해서는 안 된다는 입장도 분명히 밝혔습니다. 자동화로 남게 되는 노동력은 일자리가 아닌 노동시간을 줄이는 데 써야 한다면서 말입니다.

우리가 사는 세상은 단순한 사회가 아니라, 누군가 말했듯 하나의 커다란 학교입니다. 살면서 느끼고 살아가면서 끊임없이 배우는 학교. 나보다 못한 이웃을 둘러보고 우리보다 약한 내 주변을 살펴보면서 배려하고 베풀며 살아간다면 이 세상은 그래도 살맛나는 세상이 아닐까요.

앞의 이야기는 꽃보다 아름다운 우리네 사람만이 할 수 있는 아름다운 선행, 동행이 되지 않을까요. 앞의 이야기를 들었을 때 우연히 아름다운 그림을 만난 것처럼 가슴 따뜻한 행복한 순간이었습니다.

사랑이라는 감정에 관심이라는 진심이 섞이면

차마 말로는 설명이 어려운 마법 같은 일들이,

기적이 당연하게 우리에게 일어난다는 것이다.

사랑하고 함께 나누면 된다

이별 후엔 흘러가 버린 시간을

아쉬워하고 그리워할 때가 있다.

내리는 첫눈을 바라보며 첫 입맞춤의

순간을 그리워할 때가 있다.

그 순간, 눈물이, 까닭 모를 눈물이,

그저 이유 없이 흐를 때도 있다.

삶의 막바지에 무려 19년을 함께한 주인과 이별 여행을 떠난 반려견의 가슴 뭉클한 사연이 소개되었습니다. 미국 위스콘신 주에 사는 한 남자 존 언거는 19년 전에 지금의 반려견 스콥을 처음 만났습니다. 당시 생후 8개월이었던 스콥은 전 주인의 학대로 보호소에 오게 되었습니다. 그때 평소 학대받는 동물을 도와주는 일을 하던 존을 만나 스콥은 운 좋게 입양되어 가족이 되었지요. 그러다 1년 후, 뜻하지 않게 약혼자와 헤어진 충격에 자살을 결심한 존의 목숨을 구해 준 은인이 바로 스콥이었습니다. 반려견 스콥 덕분에 새로운 삶을 살게 된 존은 더욱더 지극정성으로 스콥을 보살피게 되었습니다.

세월이 흘러 어느덧 스콥이 노견이 됐고, 관절염이 심해 밤잠을 제대로 이루지 못할 정도로 고통스러운 나날이 계속됐습니다. 마음이 아파 그 모습을 그대로 두고만 볼 수 없었던 존은 정해진 시간에 매일 집 근처의 호수로 가서 물속에서 스콥이 편히 잠잘 수 있도록 도와줬습니다. 이러한 주인의 세심한 배려 덕분에 스콥은 잠시나마 고통을 이겨 내고 존의 품에서 평온한 시간을 보낼 수 있었습니다. 그리고 평소보다 유난히 빨리 호수로 나가고 싶어 하던 어느 날, 스콥은 편안한 자세와 행복한 표정으로 주인의 품에 안겨 깨지 않는 영원한 잠이 들고 말았습니다.

반려견 스콥은 주인 존과의 이별의 순간이 코앞으로 다가왔음을 스스로 느끼고 알아챘을까요. 자신의 주인인 존에게 빨리 호수로 나가고 싶다는 의사표현을 표정과 행동으로 말했고,

그걸 본 존은 스콥이 지금 너무 아파서 그런 것으로 보고 곧장 호수로 달려갔던 것입니다. 이처럼 존은 스콥의 마음을 누구보다 빨리 눈치챘던 것이지요. 스콥과 존이 이심전심할 수 있었던 것은 평소 둘 사이에 이루어지던 마음의 교감과 공감이 있었기에 가능했던 것으로 보입니다.

비록 동물이라도 서로 교감과 공감을 나누면 인간관계 이상의 친구가 되고 사랑을 나눌 수 있음을 봅니다. 자신의 목숨을 구해 준 주인에게 새로운 삶을 선물한 강아지 스콥. 비록 애완견이지만 죽는 순간까지 가족처럼 살뜰히 보살핀 주인 존. 참으로 아름다운 둘 사이의 눈물겨운 사연입니다. 가슴 뭉클하고 애틋한 사랑에 먹먹해지고 눈시울마저 붉어집니다.

매일 만나고 나누는

사랑과 이별도 결국

모든 세상사가 그러하듯

과정인 동시에 결과가 아닐까요.

보이는 것, 보이지 않는 것

보이지 않는 것은 사랑이 아니다.

그렇다고 보이는 것만 사랑이 아니다.

사랑은 따뜻한 온도로 느끼는 것이다.

사랑은 마음과 마음이 만나는 곳이다.

보이다가 어느 순간 잘 보이지 않는다.

[그 첫 번째 이야기]

유난히 눈길을 끄는 사진 한 장이 있었습니다. 그 사진에 나오는 유니폼은 축구를 조금만 좋아하거나 관심이 있는 사람이라면 누구에게나 몹시 낯익은 유니폼입니다. 그런데 세계적 축구

스타 메시의 이름과 10번이라는 등 번호가 적힌 아르헨티나 대표팀 유니폼이 어찌 된 일인지 영 엉성합니다. 그것은 다름 아닌 축구와 메시를 좋아하는 여섯 살 아프가니스탄 소년이 입은 이 유니폼은 비닐봉지로 만들었기 때문입니다. 오랜 내전으로 피폐한 격전지에서 2년 전, 천진난만하게 웃는 한 어린아이가 입고 있었던 유니폼입니다.

일명 '비닐봉지 메시'의 모습은 이후 수많은 세계인에게 희망과 감동을 안긴 사연이 되었습니다. 실제로 이 소식을 접한 메시는 자신이 직접 사인한 유니폼과 축구공을 이 소년에게 선물하고, 소년을 카타르 축구 경기장으로 초대해 손을 잡고 입장했습니다. 사랑의 힘이 마침내 소년의 꿈이자 세계인이 마음속으로 그토록 바라던 그림, 감동적인 장면이 탄생하는 순간이 되었습니다.

[두 번째 이야기]

몹시도 추웠던 겨울 어느 날, 또 한 송이 꽃이 전쟁터에 피어났습니다. 시리아 난민촌에 사는 여덟 살 마야는 깡통과 플라스

61

틱 파이프로 만든 의족을 달고 다녔습니다. 선천적인 장애로 무릎 아래를 잃었지만 전쟁 통에 제대로 된 의족을 장만할 형편이 아니었습니다. 마야는 불과 300미터밖에 안 되는 등굣길도 거의 기어가다시피 했지요. 무엇보다 깡통으로 만든 의족이 칼에 찔린 듯 다리를 들쑤셨지만, 그래도 마야는 전쟁 전에 가지고 놀았던 때 묻은 인형만큼이나 이 의족을 아꼈습니다.

마야의 사연이 세상에 널리 알려지면서 터키의 한 병원이 마야에게 새 의족을 만들어 주었습니다. 그리고 적응치료를 한 지 반년, 마야는 웃는 얼굴로 반듯이 세상에 섰습니다. 얼마 전 시리아 아기가 폭격으로 한쪽 눈을 잃었을 때도 수많은 사람들이 한 눈을 가린 사진을 SNS에 올려 그 아기와 고통을 함께했습니다. 사랑은 정말 세계적인 공통어입니다.

[세 번째 이야기]

예멘 내전을 담은 다큐영화에 등장한 소년은 학교도 못 간 채 집에서 총을 갖고 놉니다. 그 곁에서 여동생 두 소녀가 공부를 하고 있습니다. 소년이 공부하는 두 소녀를 방해하자, 소녀들이 외칩니다.

"우리 공부 좀 하자!"
"우리 공부 좀 하자고!"

이 세상의 전쟁은 누구보다도 깊은 상처를 아이들에게 남깁니다. 그런 가운데서도 어른들은 아이들을 위로하고 응원하고 일으켜 세우며 세상 사람들은 목청을 높여 외치지요.
"전쟁에 눈먼 자들은 이제 제발 그만 피 묻은 손을 거두라."

이렇듯 참혹하고 끔찍한 전쟁 속에서도 아이들은 꿈을 꿉니다. 전쟁이라는 지옥에서 만나는 천국의 그림자입니다. 사랑은 머리로 하는 것이 아니라 손발로 감싸고 마음으로 보살피는 것이며, 좋고 행복할 때 남는 것을 주는 것이 아니라 아프고 슬플 때에 없는 것도 채워서 보태는 것입니다. 사랑은 전쟁 속에서도 아이들에게 무한한 꿈을 꾸게 하는 위대한 힘을 가졌습니다.

사랑은 어릴 때 본 무지개처럼
산 너머 저 고개 너머에 있다고

사람들은 말하지만 어느 순간엔

바로 우리 머리 위에 있음을 본다.

그대 눈동자에, 가슴에 있음을 본다.

두 천사, 꽃보다 사람이다

비록 심장이 찢어진다고 해도
내 영혼을 다 바쳐 사랑했노라고.
내게 주어진 삶을 삶 그 자체로
사랑하며 모든 걸 사랑했노라고.
혹 버림받을까 봐, 상처받을까 봐,
다가가는 것을 주저하지 않았으면.

두 명의 간호사가 한 섬에 도착했습니다. 손에는 작은 가방 하나만이 들려 있었습니다. 그 가방 안에는 값비싼 의약품도, 어떤 의료 장비도 없었지요. 대신 그들은 가슴의 사랑만 가득 담은 가방 하나만 가지고 왔던 것입니다.

우리가 잘 아는 이 이야기는 라디오 공중파를 타고 우리 모두에게도 널리 알려졌습니다. 바로 소록도에서 40여 년 동안 솜이불보다 더 따뜻한 사랑의 봉사를 했던 오스트리아 출신의 마리안느와 마가레트 수녀 간호사 이야기. 그러했던 그들이 일흔 살이 되는 해에 자신들이 짐이 되지 않으려고 편지 한 통만을 남기고 떠나 세간에 화제가 되었습니다.

마리안느 수녀는 오스트리아 인스부르크 간호대학을 졸업하고 대학 시절 같은 방을 사용하던 마가레트 수녀와 함께 소록도에서 한평생 봉사했습니다. 처음 20대의 금발의 수녀들이 피부가 문드러진 환자들의 상처에 아무런 망설임도 없이 맨손으로 약을 발랐습니다. 두 사람은 3평 남짓한 단칸방에서 작은 옷장 하나만 가지고 살았습니다. 그러한 가운데 정작 마리안느는 자신의 몸 관리는 소홀히 한 탓에 갑자기 찾아온 대장암으로 힘든 시기를 겪기도 했습니다. 그렇게 두 천사는 무려 43년 9개월을 봉사했습니다.

"나이가 들어 더 이상 제대로 일을 할 수 없게 되어 떠납니다. 이곳에 부담을 주기 전에 떠나야 한다고 동료들에게 이야기해 왔는데, 이제 그 말을 실천할 때라 생각했습니다. 부족한 외국인으로서 큰 사랑과 존경을 받아 감사하며 저희의 부족함으로 마음 아프게 해 드렸던 일에 대해 용서를 빕니다.”
– 마리안느와 마가렛 수녀

어느덧 일흔을 넘긴 두 사람은 이 편지 한 장을 남겨둔 채 안개가 자욱한 첫 새벽에 배로 군산으로 와서 열차를 타고 다시 고국으로 떠났습니다. 소리 없이 떠나는 길에는 43년 9개월 전에 처음 소록도에 들고 왔던 그 작고 낡은 가죽가방만 하나, 오랜 세월의 풍상 속에 헤어지고 닳아빠져 누더기처럼 된 그 가죽가방 하나만 달랑 그들의 손에 쥐어져 있었습니다.

마리안느와 마가레트 수녀. 소록도를 떠날 때 누군가에게 알려질까 봐, 요란한 송별식이 될까 봐 조용히 떠났지요. 배를 타고 점점 멀어지는 섬과 사람들을 멀리서 바라보며 하염없이 눈물을 흘리면서. 그들의 나이 20대부터 40여 년을 살았던 소록도, 그 소록도가 제2의 고향과 같았기에, 이제 돌아가는 고향 오스트리아는 도리어 매우 낯선 땅이 되었습니다.

전언에 의하면, 지금도 3평 남짓한 방 한 칸에 살면서 방을 온통 한국의 장식품으로 꾸며 놓고 오늘도 ‘소록도의 꿈’을 꾼다고 합니다. 두 사람 집의 방문 앞에는, 그분들의 마음에 평생 담아 두었던 말이 한국말로 쓰여 있다고 하네요. '선하고 겸손한 사람이 되라.'

그들은 말합니다. "지금도 우리 집, 우리 병원 다 생각나요. 바다는 얼마나 푸르고 아름다운지…… 하지만 괜찮아요. 내 마음은 소록도에 두고 왔으니까요!"

이 세상에서 가장 아름다운 것이 사람입니다.

꽃보다 사람입니다. 사람이 가장 아름답습니다.

지금 이 순간,

당신의 마음에는 어떤 소망이 들어 있나요.

당신의 손에는 어떤 가방이 들려 있나요.

숭고한 사랑

새벽 바다를 일으켜 세우는 뱃고동 소리 들으며

해 뜨는 섬마을 아침부터 해 저문 늦은 밤까지

안 보았어도, 보지 않아도 떠오르는 정경이 보입니다.

흰색 가운 대신 걸치고 온 몹시 힘들었을 오늘 하루,

그런 당신을 위해 나는 정성스럽게 저녁밥을 짓습니다.

몽실몽실 부풀어 오른 흰 밥알이 고마움의 말을 전합니다.

여름 한낮의 가마솥 무더위는 해가 지고 어둠이 밀려왔지만 좀
처럼 수그러들지 않고 맹위를 떨치던 날, 늦은 저녁 시간에 시
원한 청량음료 같은 소식이 남쪽 섬마을에서 기다리던 편지처
럼 날아왔습니다. 서울에서 비교적 잘 나가던 병원 원장님이
스스로 자청하여 남해 바다 외딴섬에 들어가서 15년째 환자를

돌보고 있다는 TV 공중파를 타고 날아온 소식이었습니다. 일명 '청산도 슈바이처'라고 불리는 83세 이강안 할아버지가 바로 그 주인공이었습니다. 요즘 흔히 백세 시대라 말하지만 83세의 연세라면 그저 경로당에 다니시는 것으로 소일消日하거나 가만히 집에서 놀고 있어도 누가 뭐라고 하지 않을 나이입니다.

우리가 익히 잘 아는 완도에서 배를 타고 1시간쯤 바다로 나가면 그 이름처럼 푸르고 아름다운 '청산도'라는 이름을 가진 섬이 있습니다. 그리고 이 섬에는 '청산도 푸른뫼 중앙의원'이 있습니다. 1936년생, 올해 83살인 이강안 할아버지 원장님은 무려 15년째, 결코 적지 않은 세월이지만 오늘도 청산도 주민들의 건강을 홀로 도맡아 책임지고 있습니다. 더욱이 이 섬은 연세가 많은 어르신들이 대부분인 까닭에 이강안 할아버지 원장님의 존재는 섬 주민에게는 마치 가뭄 속 단비와 같습니다.

"너무너무 아주 정말 좋은 양반입니다, 우리 원장님. 이 청산도 안 내려왔으면 우리는 그냥 치매도 오고 뭣도 오고 그랬을 것인데……. 원장님이 오시고 나서 상여 꽃이 한 40%가 줄어들었어요. 그 이유가 우리 환자들을 내 가족처럼 언제나 특별하게 한결같이 돌보시는 원장님 때문입니다."

올해 83세의 이강안 할아버지 의사는 서울에서 이름만 들어도 알 만한 유명한 병원의 원장까지 지내며 매우 성공적인 의사로서의 삶을 살았습니다. 안정된 노후를 준비할 무렵, 당시 청산도에 단 하나뿐인 병원에 의사가 없어 문을 닫을 위기라는 얘기를 듣고 아무런 연고도 없는 이 낙도에 정착했습니다.

지금은 하루 평균 120명이 넘는 환자를 돌보는데, 진료 시간이 끝나도 작은 왕진 가방을 메고 수시로 환자 집을 다닙니다. 병원이 아예 없는 인근 여서도와 모도에는 2주에 한 번씩 배를 타고 왕진을 나갑니다. 언제까지 이 섬에서 의사 일을 할 거냐는 질문에 아마도 죽을 때까지 이 섬을 떠나지 못할 것 같다고 말합니다.

> "가운하고 의사 면허증만 들고 왔다니까요. 팬티 뭐 내의만 가지고요. 와 보니까 의사도 없어요. 환자 15명 앉아 있는데, 의사가 없어요. 말로만 사랑한다고 하면, 안 통합니다. 상대에게 필요한 걸 채워 주고 그 사람들의 고통을 같이 분담하고 그렇게 해야 그게 참된 의사예요. 섬 주민들이 내가 죽으면 공적비功績碑 세워 준다고 해요. 허허허."

주름진 손등에 하루 종일 맴돌던 아픔의 상처들이

바닷바람 세차게 부는 섬마을의 음지에서 자라더니

오늘은 따스한 햇살에 쏟아지는 수많은 별들이 되어

지금 우리들 눈앞에 우~ 하고 마구 쏟아져 내립니다.

당신은 우리에게 결코 변하지 않을 숭고한 사랑입니다.

여자의 향기

자작나무 숲에서 바람을 맞는다.
그렇게 저만치 온종일 서 있었다.
몹시 그리운 게 있었기 때문이다.

살다 보면 영화 스토리처럼 누구에게나 위기가 있고 인생의 고비가 있지요. 가끔은 삶의 갈림길에서 이정표를 잃은 것처럼 방향 감각 없이 갈팡질팡할 때도 있지요. 이처럼 내 곁에 있는 누군가가 힘들어할 때, 그의 옆에 있어 주는 것만으로도 그에게는 큰 힘이 됩니다. 때론 좋은 영화 한 편이 힘든 삶으로 고통스러워하는 이에게 위안이 되는 따스한 손을 내밀어 줍니다.

마틴 브레이트 감독이 만든 영화 〈여인의 향기〉라는 작품이 그러합니다. 그런데 영화 제목이 왜 '여인의 향기'이며 어떤 의미일까요? 이 영화를 보면서 인간관계를 풀어 가는 데 있어서만큼은 이 세상에 정답은 존재하지 않는다는 사실을 깨닫습니다. 아울러 인간의 선한 마음에서 우러나오는 보편적 양심을 지켜 내는 신념과 소신만큼은 우리가 살아가면서 결코 잃지 말아야겠다는 생각을 합니다.

이 영화에서 괴팍한 퇴역 장교 맹인 프랭크알 파치노와 성실한 고등학생 찰리크리스 오도넬는 보호자와 보살핌을 받아야 하는 관계로 만나 뉴욕에 가서 멋진 일들을 경험합니다. 최고급 호텔에서 묵고 우아한 식당에서 식사를 하고 자동차 페라리를 몰고 멋진 여성을 만나기도 하지요. 하지만 둘 다 인생의 중요한 갈림길에 서 있습니다. 그 삶은 위태위태하기만 합니다. 한 사람은 미래를, 또 한 사람은 현재를 고민하고 있습니다. 프랭크는 죽음만이 해결책이라 생각하고, 찰리는 신념과 미래 사이에서 갈등합니다. 결국 그들은 맞닥뜨린 현실에 부닥치면서 서로가 고민하고 갈등하는 문제에 대한 해답을 멋지게 찾아갑니다.

맹인 프랭크는 어둠 속에 갇힌 자신의 모습이 싫어 죽음을 택하려 합니다. 하지만 찰리는 그의 죽음을 방관만 하고 있을 수 없습니다. 프랭크의 그 절망이 가슴에 절절히 느껴져서 먹먹했고 마지막 연설에선 속이 후련합니다. 서로의 위기를 도와주는 과정이 참 멋지지요. 신념을 지킬 용기, 살면서 자꾸만 위축되는 마음에 용기를 주는 좋은 영화. 신념과 정의, 그리고 의리 그 모든 것을 생각하게 만듭니다.

여인의 향기는 프랭크에게 그런 것입니다. 삶의 이유, 인생 그 자체로서 표현할 수 있습니다. 그런 의미에서 '여인의 향기'라는 것은 사람 개개인에게 살아가는 이유가 되는 상징성을 표현하는 것입니다. 결국 이 영화의 제목은 프랭크의 존재 이유, 즉 남성으로서의 존재 이유를 드러내고 있습니다. 프랭크는 여인의 향기를 통해 인생의 또 다른 빛, 사랑을 찾음으로써 새로운 인생을 시작할 수 있게 되었던 것입니다.

아무것도 보이지 않는 고통의 순간, 누군가 곁에 있어 준다는 것은 다시 살아 나갈 수 있는 의지와 희망을 심어 줍니다. 영화를 통해 눈에는 보이지 않아도 여인의 향기, 그보다 더욱 진한 향기로 채워진 삶을 경험해 보면 어떨까 싶습니다. 인생은 어둠 속에서 빛을 찾아가는 과정이기에 사람마다 가치관에 따라 중요하게 생각하는 것이 다르지만, 누구에게는 하찮은 것이 누군가에게는 살아가는 삶의 전부가 될 수도 있기 때문입니다.

　　　살아가면서 우리가 접하는 영화는,

　　　우리 삶에 어떤 빛깔이며 향기일까요.

　　　우리에게 어떤 빛깔과 향기가 될까요.

　　　아마도 받아들이는 사람의 마음에 따라

　　　제각기 다르지 않을까요.

사랑의 간격, 파이브 피트

마침내 사랑에 눈뜨는 우리 둘만의 시간입니다.

이제 더 이상 두려움으로 서로 바라보지 않습니다.

사랑할 때에는 웃음과 눈물도 행복한 신의 선물입니다.

접근 금지, 허그 금지, 키스 금지인 청춘 남녀의 이런 로맨스가 있다면 성공할 수 있을까요? 같은 병을 가진 사람끼리 6피트 이하 접근해서도, 접촉도 해선 안 되는 CF낭포성 섬유증를 가진 두 사람 '스텔라'와 '윌'. 첫눈에 반한 두 사람은 서로를 위해 안 전거리를 유지하려고 하지만 그럴수록 더욱 빠져듭니다. 손을 잡을 수도 키스를 할 수도 없는 그들은 병 때문에 지켜야 했던 6피트에서 1피트 더 가까워지는 것도 기꺼이 선택합니다.

지난 4월에 개봉한 저스틴 밸도니 감독의 영화 〈파이브 피트 Five Feet Apart〉 이야기입니다. 스텔라 역의 헤일리 루 리차드슨, 윌 역의 콜 스프로즈의 케미도 환상적인 영화. 이미 그 전에 이 영화와 유사한 스토리를 가진 조쉬 분 감독의 〈안녕, 헤이즐〉, 스콧 스피어 감독의 〈미드나잇 선〉을 매우 감동적으로 보았기에 어떤 차이가 있는지, 사실 비교해 보고픈 마음도 내겐 없잖아 있었지요. 결론적으로 그럼에도 앞선 영화와 또 차별화된 정말 재미있고 감동적인 영화입니다. 그리고 내 삶을 돌아보게 했습니다.

주인공들의 로맨스뿐 아니라 스텔라의 어릴 때부터 친구인 포가 있어서 웃음과 눈물을 덤으로 선사합니다. 18세, 이제 막 피어나는 청춘인데 죽음을 항상 눈앞에 두고 살아야 하는 그들에게 연민이 먼저 앞섰습니다. 차가운 병동에서도 청춘들의 사랑은 피어나고, 사랑하지만 5피트의 거리를 두고 조금의 터치나 스킨십이 허용되지 않는 이 안타까운 로맨스는 또 무슨 운명일까요.

영화 〈안녕, 헤이즐〉이 시한부 인생을 살아가는 두 청춘남녀의 슬픈 운명의 사랑 이야기를 다루고 있다면, 〈미드나잇 선〉

은 XP색소성건피증라는 희귀병을 앓는 여자 주인공 케이티가 태양을 피해 밤에만 남자 친구 찰리를 만날 수밖에 없는 특별한 사랑을 다룬 영화였지요. 반면에 이 영화는 사랑하지만 절대 가까이할 수 없는 청춘 남녀의 사랑 이야기이기에 비슷하면서도 전혀 다른 감동을 안겨다 주는 영화입니다. 특히 후반부로 갈수록 과연 그들이 어떤 사랑의 감정을 보여 줄지도 궁금하게 만드는, 웃고 있지만 계속 웃을 수만은 없는 정말 안타까운 사랑 이야기이기에 영화를 보는 내내 그러했습니다. 마음을 졸여야 했지요.

이 계절, 벚꽃이 만발한 이 화창한 봄날에 딱 맞는 어울리는 영화가 아닐까요. 특히 이 시대의 청춘남녀들에게는. 좋은 영화를 보면 사랑도 평범하지 않고 보다 아름답고 색다르고 특별하게 할 것 같다는 생각이 들기도 합니다.

놓아야 할 때, 놓는 것도 사랑이라는 걸 느끼게 해 주고
떠나야 할 때, 떠나는 것도 사랑임을 알게 해 주었기에
또 늘 곁에 있어 당연하게 생각했던 것들이
오늘따라 유난히 소중하게 느껴집니다.

세상, 그 손끝의 기적

어둠을 헤치고 마침내 이룬 꿈,

그래도 네가 있어 고난의 시간 견디었지.

내 곁에서 힘이 되어 준 네가 고마워.

이제 죽는 날까지 우리 함께했으면.

부드러운 손길도 향긋한 냄새도

쉽사리 보여 주지 않던 한결같은 사랑은.

어느 인생길도 떠나야 할 때가 있다.

꽃샘추위 소소리바람 밀어낸 봄바람처럼.

그 바람 따라 고운 햇살이 지금 우리에게 드리운다.

햇살이 그림자를 품는다.

프랑스 장 피에르 아메리 감독의 영화 〈마리 이야기: 손끝의 기적〉은 19세기 말 프랑스 푸아티에 지방에 있는 라네이 수도원에서 있었던 실제 이야기를 바탕으로 완성된 작품입니다. 빛도 소리도 없는 세상에 갇혀 누구에게도 마음을 열지 않는 소녀 '마리'와 그녀가 세상과 소통할 수 있도록 자신의 생을 바쳐 돕는 수녀 '마가렛'의 가슴 뭉클한 사랑과 우정을 그린 영화지요.

프랑스판 '헬렌 켈러'로 우리에게도 잘 알려진 이 이야기는 '마리'라는 소녀와 수녀 '마가렛'이 운명적으로 만나 서로의 삶을 변화시킵니다. 세대를 초월한 무한 사랑을 보여 주며 우리 모두의 마음을 울리기에 충분했던 영화였습니다.

마리는 빛도 소리도 없는 세상에 갇힌 채 그 어느 누구에게도 마음을 열지 않습니다. 볼 수도 들을 수도 없는 마리는 오직 손끝의 감촉만으로 세상과 소통합니다. 마치 한 마리 야생마처럼. 길들여지지 않은 그녀에게 깊은 연민을 느낀 마가렛 수녀는 마리를 교육시키기 위해 기나긴 거친 싸움을 마다하지 않습니다.

수도원에 온 마리를 만난 순간 소녀의 따뜻한 영혼을 느낀 수녀 마가렛은 마리가 세상과 소통할 수 있도록 자신의 생을 바처 돕기로 결심합니다. 마가렛은 마리가 가장 애착을 가지고 있는 물건을 이용해 수화手話를 만들고, 반항심으로 똘똘 뭉친 마리는 그런 마가렛의 헌신적인 사랑에 마침내 조금씩 마음의 문을 열기 시작합니다. 두 사람은 전쟁과도 같은 처절한 교육의 시간을 겪으며 서로를 조금씩 변화시키며 마침내 기적 같은 꿈을 이룹니다.

그런데 한 가지 가장 놀랐던 점은 마가렛 수녀가 만든 수화가 오늘날까지 사용되고 있다는 것이었습니다. 태어날 때부터 듣지도 말하지도 앞을 보지도 못한 마리를 위해 마가렛 수녀는 마리가 가장 큰 애착을 보였던 '주머니 칼'을 가지고 수화를 만들었고, 실제 그 수화는 지금도 사용되고 있다고 하지요.

실제로 이 영화를 만들기 전에 수도원을 다녀온 후, 장 피에르 아메리 감독은 영화화에 본격적으로 착수했다고 합니다. 그는 마리를 어둠으로부터 빛으로 이끈 마가렛 수녀의 확고한 신념에 관한 이야기와 마리가 처음 세상과 만났을 때의 감동을 영화를 통해 모든 관객이 느끼길 바랐습니다.

영화를 보고 난 뒤 다음과 같은 질문을 던집니다. 사람과 사람

사이의 진정한 소통과 사랑의 끝은 도무지 어디까지인가. 그 깊은 울림은 무엇으로 우리에게 다가오는가. 사실 영화만 놓고 보면 그저 그런 평범한 삶이, 살아 있는 그 자체가 고통스런 삶이 운명적인 만남으로 인해 바뀌었지요. 서로의 삶을 변화시킨 것은 다른 그 무엇도 아닌 바로 사랑입니다.

만해 한용운 시인은 종鐘이라고 하는 것은 치면 소리가 난다고 했습니다. 또 거울은 비추면 그림자가 나타난다고 했지요. 마찬가지로 보통 사람이란, 사랑하면 따라오게 마련이지요. 그런데 쳐도 소리가 나지 않는 것은 세상에서 버린 종이고, 또 비추어도 그림자가 나타나지 않는 것은 세상에서 내다 버린 거울입니다. 그러나 사람은 그렇지 않습니다.

사랑해도 끝내 따라오지 않는 사람은 없습니다.
사랑은 서로 끌고 당기는 힘을 가진 자석 같으니까요.
사랑은 용서받지 못할 무거운 죄를 지은 사람도
포용하는 아량과 한없이 넓은 마음을 지녔으니까요.

갈대의 나이테

그 흔해 빠진 로션 바른 손을 보지 못했습니다.

한평생 화장품 냄새 맡아 보거나 구경하지 못했습니다.

긴 겨울의 기다림 끝에 봄이 오고 향긋한 바람이 붑니다.

봄바람이 캄캄한 어둠을 밀어내고 톡톡, 하고 세상의 눈을 뜹니다.

어머니는 늘 그렇게 보이지 않는 햇살이 되어 내 주변을 맴돕니다.

"길을 걷다가 공사 현장에서 막노동하는 분들을 보면 그 자식들은 자신의 부모를 어떻게 생각할까요? 내가 했던 것처럼 내 부모를 감췄을까요? 나처럼 당당하게 부모님이라고 말하지 못했을까요? 내 부모님은 평생을 힘들게 사시긴 했지만, 단 한 번도 하는 일이 자식인 내게 부끄럽지 않았다고 하셨습니다. 부모님의 그런 당당한 모습이 이후 제

삶에 큰 힘이 됐습니다. 그리고 위안이 됐습니다. 이젠 우리 모두가 어떤 경우에라도 내 부모를 부끄러워하지 않아도 된다는 것을 내가 증명하고 싶습니다. 나와 비슷한 누군가의 인생도 인정받고 위로받길 바랍니다. 무엇보다 내 아버지와 어머니가. 더불어 우리 모두의 부모가 함께 존중받길 바라고 원합니다."

언젠가 자신의 아버지가 막노동꾼이라는 사실을 고백한 아나운서의 글이 눈길을 끌었습니다. 온라인 커뮤니티에 '저는 막노동하는 아버지를 둔 아나운서 딸입니다'라는 제목의 글이 올라왔습니다. 당시 포털사이트 실시간 검색어에 오르는 등 엄청나게 많은 관심을 받았습니다. 글쓴이는 한 여자 아나운서로 그녀는 자신을 "개천에서 난 용"이라고 소개했습니다. 아나운서가 된 지 10년째인 그녀는 20대 때 아나운서로 일을 시작한 이후 현재는 프리랜서 방송인·작가·강사 등으로 다양한 사회적 활동을 하고 있었습니다.

그녀의 아버지는 어려서 집안 형편 때문에 지금의 초등학교인 국민학교도 채 다니지 못했습니다. 그러다 보니 자연히 어렸을 때부터 몸으로 하는 노동을 하셨고, 어른이 되자 건설현장 막

노동을 시작했다고. 또 어머니는 그나마 국민학교를 겨우 졸업했습니다. 1984년생인 자신은 그처럼 못 배운 부모님의 뒷바라지로 대학원 공부까지 마쳤다고 합니다.

그런데 그간 그녀가 만난 수많은 사람들은 자신의 아나운서라는 직업만 보고 으레 번듯한 집안에서 자랐을 것이라고 여겼습니다. 게다가 아버지는 무슨 일을 하시느냐는 주변의 질문에 건설 쪽 일 하신다고 답하면 으레 건설사 대표나 중책을 맡은 인물일 것이라고 생각한다는 것입니다. 게다가 부모님은 어느 대학을 나왔냐는 물음에 그녀가 대답을 하지 않아도 어느새 부모님은 대졸자가 돼 있었다고 그녀는 고백했습니다.

부모님은 가난과 무지를 스스로 선택하지 않았다면서 자신이 개천에서 용으로 성장할 수 있었던 건 정직하게 노동하고 열심히 삶을 일궈 낸 자신의 부모를 보고 배우며 알게 모르게 체득된 삶에 대한 경이驚異가 있었기 때문이라고 말했습니다. 자신을 움직인 가장 큰 원동력은 바로 부모였다며 물질적 지원보다 심적 사랑과 응원이 한 아이의 인생에 가장 큰 뒷받침이 된다고 힘주어 말했습니다.

실검에 올랐던 날도 부모님에 대한 걱정이 많았다며 어머니께 전화했더니 밥 먹었냐며 평소 때처럼 물었다고 합니다. 여전히 자식 걱정을 먼저 했습니다. 그녀는 엄마의 평소와 똑같은 따스한 한마디에 다시 한 번 눈물을 왈칵 쏟아 냈다고 합니다.

긴긴 겨울밤, 엄동설한嚴冬雪寒에 꽁꽁 얼어붙은 갈대는 짧기만 한 한낮의 햇살도 반갑습니다. 허리를 펴고 머리를 들어 햇살에게 고맙다 감사하다 말하고 싶은데, 뭐가 그리 쑥스러운지 갈대는 몇 번이나 망설이고 주저하다 보니 끝내 못했습니다. 하고픈 말도 다 못 했는데 이내 해는 서산에 지고 맙니다.

해마다 갈대는 나이테만 하나둘 점점 늘어 가고
오늘도 바람 부는 들판 끝에서 멍하니 홀로 서서
바람에 흔들리는 나목처럼 하늘 쳐다보며 울고 있네요.

슬플 때, 사랑한다

풀잎에 밤새 이슬이 내려

풀잎이 떠받칠 수 없을 만큼의 무게로

아침 이슬이 풀잎에 스며들면

고개 살짝 숙이고는 또르르 또르르

소리 없이 눈물로 흘려보내는 것을

누가 그걸 가르쳐 주었을까요?

풀잎에게.

사랑은 가질 수 있을 만큼만 담는다는 것을

그리고 이 축제가 끝나면 우리는 떠날 거예요.

이별을 앞둔 노부부가 마지막이 될지도 모를

얘기꽃을 피운다. 바람도 푸르른 따스한 봄날에.

"할아버지요, 나중에 나는요, 할아버지가 없어지면 정말 보고플 거 같아요. 할아버지는 내가 없으면 나 안 보고 싶겠소? 나는 그래서 편지라도 하고 싶어요. 잘 있느냐고, 밥 잘 먹고 행복하냐고, 편지에라도 쓰고 싶어요. 그래서 잘 있으니 내 걱정은 마시오 하는 답장도 받고 싶어요. 이제 와서 글 익히고 숫자 익히는 게 할아버지는 쓸데없는 거지만 나는 참 필요한 일이에요. 내가 정말 필요해서 자꾸 아픈 당신한테 가르쳐 달라고 재촉하는 거예요.

미리미리 배워 둘 걸 그랬어요. 그렇지요? 그렇다면 지금처럼 뒤늦게 고생 안 해도 될 텐데요. 할아버지, 여보, 우리 지금에라도 배웁시다. 배워 가지고 우리 서로 죽었더라도 전화도 하고 그럽시다. 나는요, 당신이 자꾸 아프다고 하니까 죽을까 봐 겁이 나서 그래요. 죽으면 어디다 전화해요? 나는 할아버지가 보고픈데, 할아버지는 내가 안 보고 싶어요? 우리 참 잘 살았죠?"

이 말의 주인공은 여든아홉의 나이에도 소녀 감성을 그대로 간직한 할머니, 그리고 묵묵히 듣고 있는 백수白壽를 앞둔 아흔여덟의 로맨티스트 할아버지. 이들은 어딜 가든 연분홍 저고리,

자줏빛 치마와 바지, 고운 빛깔의 커플 한복을 입고 두 손을 꼭 잡고 걷는 노부부이다. 봄에는 꽃을 꺾어 서로의 머리에 꽂아 주고, 여름엔 개울가에서 마치 어린아이들처럼 물장구를 치고, 가을엔 낙엽을 던지며 장난을 치고, 겨울에는 눈사람을 만들고 눈싸움을 하며 사는 하루하루가 매일이 신혼 같은 백발의 노부부.

장성한 자녀들은 모두 도시로 떠나고 노부부만 서로를 의지하며 살던 어느 날, 할아버지가 귀여워하던 강아지 '꼬마'가 갑자기 세상을 떠난다. 꼬마를 산에다 묻고 함께 집으로 돌아온 이후부터 할아버지의 기력은 점점 약해져 간다. 어느 날 비가 내리는 마당, 점점 더 잦아지는 할아버지의 기침 소리를 듣던 할머니는 친구를 잃고 홀로 남은 강아지를 바라보며 머지않아 다가올 또 다른 이별을 조금씩 준비한다.

진모영 감독이 만든 영화 〈님아, 그 강을 건너지 마오〉를 보며 맨 처음 들었던 느낌은 초반에는 두 분의 알콩달콩한 모습을 보며 왠지 모를 흐뭇함과 부러움, 그러나 후반부로 갈수록 시나브로 다가오는 어쩔 수 없는 이별에 대한 깊은 슬픔과 안타까움이 느껴졌던 것 같다.

마당의 낙엽을 치우다가 장난치는 모습과 삐친 할머니를 달래 주기 위하여 꽃을 꺾어 선물해 주시는 할아버지의 모습, 눈이 왔을 때 같이 눈사람을 만들고 눈싸움을 하며 즐거워하는 두 분의 모습들을 보며 저런 모습이 우리 모두가 한 번쯤 꿈꾸어 본 노년의 삶이구나 하는 생각이 들었다. 이 장면들을 보며 왠지 모르게 흐뭇해져서 절로 미소가 지어지고 웃음이 나왔다. 노부부는 황혼의 인생에서 이제 막 사귀기 시작한 연인처럼, 마치 신혼부부처럼 알콩달콩 깨소금 그 자체다.

할머니, 할아버지 두 분은 무려 76년간 함께한 부부다. 76년, 결코 짧은 세월이 아니며 그 긴 시간 동안 함께 살아가면서 충분히 사이가 틀어질 수도 있고, 남남처럼 지내게 될 수도 있는 그런 세월과 시간이 아닐까? 그럼에도 불구하고 영화에서 보여 주는 두 분의 모습은 진정 서로를 아껴 주고 의지하며 말 그대로 사랑이라는 단어를 떠올리게 한다.

개인적으로 가장 기억에 남는 장면 중 하나는 할머니가 밤의 어둠이 무서우니 자신이 화장실에 다녀올 동안 앞에 할아버지가 화장실 앞에 서 계시길 부탁하는 장면이다. 어쩌면 여느 부부처럼 귀찮을 법도 하고 추울 법도 하건만 할아버지는 그런 할머니를 위해서 혹여 무서울까 봐 노래를 불러 주며 할머니를 기다려 준다. 그런 할머니는 그 짧은 시간 동안 행여 할아버지가 추우시지 않을까 걱정했다는 말을 한다. 정말 마음이 따뜻해지는 장면이다. 할아버지와 할머니, 두 분의 모습을 보며 그저 부럽다는 생각만이 계속 드는 것은 어찌할 수 없다.

이 노부부를 보면 우리가 생각하는 가장 이상적인 부부의 모습이 아닐까 싶다. 어떻게 사는 것이 정말 아름다운 부부의 모습일까? 특히 나이가 들어서도 서로를 사랑하며 부부생활을 이어 간다는 것이 얼마나 어려운 것인가. 두 분은 76년을 함께 했음에도 불구하고 단순히 '정' 때문이 아닌 진정 서로를 '사랑' 하는 모습이 느껴져 한없이 부럽고 아름답게 느껴진다. 앞으로 이 두 분처럼 진정 상대방과 함께 서로를 사랑하고 아껴 주며 함께 늙어 갈 수 있을지 생각해 보게 되는, 그리고 싶다는 생각이 든다.

그리고 영화 중간에 할아버지와 할머니께서 아끼시며 기르시던 '꼬마'라는 강아지가 갑작스럽게 떠나는 모습이 나온다. 이때 두 분은 꼬마의 죽음을 누구보다 안타깝게 여기며 슬퍼한다. 할아버지가 떠나실 것을 안 꼬마가 먼저 떠난 것이라는 할머니의 말씀이 유난히 슬프게 느껴지고 가슴에 와 닿는다.

할머니는 어떤 생각을 하셨을까. 할아버지도 꼬마와 함께 떠나보내야 한다는 생각에 누구보다 마음이 아프셨을 것 같다. '만남이 있다면 언젠가 헤어짐이 있다'라는 말이 있다. 이 말을 가끔은 부정하고 싶지만 부정할 수 없는 당연한 사실이며 엄연한 현실이지만, 이를 알고 있음에도 불구하고 이별은 참 어렵고 정말 슬프고 너무나 가슴 아프다.

단순히 두 분의 아름다운 사랑만을 느낄 수 있었으면 좋았겠지만 이 영화는 제목 그대로 이별을 보여 주는 영화이다. 깊은 사랑을 했던 만큼 누구보다 슬픈 이별의 아픔을 느낄 수 있다. 영화가 진행될수록 할아버지의 기침은 심해진다. 그리고 결국 할아버지는 할머니의 곁을 떠난다.

그 어떤 부부보다도 사이가 애틋했던 두 분이었다. 할아버지가 먼저 떠나고 할머니 혼자 남겨졌을 때, 얼마나 외롭고 쓸쓸했을까. 서로 사이가 좋으면 좋은 대로, 아무리 오래 사랑하며 살았다고 하더라도 헤어짐은 누구에게나 슬프고 무섭다. 서로에게 아낌과 보살핌을 받으며 서로에게 서로밖에 없는 것처럼 의지하다가 할아버지를 먼저 보내야 하는 할머니의 마음은 또 어떠했을까.

서로를 사랑하고 의지하며 76년이라는 세월을 함께했던 노부부. 말 그대로 인생의 동반자를 서로의 선택 때문이 아니라 어쩔 수 없이 이별해야 하는 두 분의 모습을 보며 떠나는 할아버지도, 홀로 남겨진 할머니도 모두 얼마나 아프셨을지……. 이별의 그 상황이 한없이 슬프게 느껴졌던, 영화가 아닌 실제였다.

사람이 살아가는 데 항상 행복할 수는 없겠지만 부부라는 이름으로 남녀가 만나 인연을 맺었다면 이 노부부처럼 한 번 살아 보고 싶다. 한평생 두 분이 나누었던 아름답고 깊이 있는 사랑과 더불어 그만큼 안타깝고 아픈 이별도 함께 느끼면서. 이별은 서로 보지 못 하고 만나지 못하는 새로운 사랑의 연속이다. 이별 연습도 또 다른 사랑이다. 다만 어찌하면 마지막 이별의 순간까지 서로 곱게 물들 수 있을지가 우리 모두에게 던져진 숙제다.

너무 크게, 너무 많이 보이는 것은

우리가 꿈꾸는 진정한 사랑이 아닐지 모른다.

사랑은 잘 보이다가도 잘 보이지 않을 때가 많다.

우리는 기쁠 때도 사랑하지만 슬플 때도 사랑한다.

이승에서 우리 둘만의 사랑은 오직 단 한 번뿐이라서.

펭귄과 허들링

소중한 사랑은 마음속에만 숨겨 둡니다.

진실한 사람은 사랑한다고 말하지 않습니다.

사랑한다 해도 쉽게 입 밖에 내지 않습니다.

진실한 사랑은 쉽게 말하지도 티내지도 않습니다.

상대가 누구든 무한 사랑이 그리울 때가 있습니다.

남극에 사는 펭귄 중에 가장 크고 화려한 황제펭귄, 남극의 신사라고 불리는 펭귄을 우리는 유난히 귀여운 동물 정도로 알고 있습니다. 바닷새이지만 날지 못 하고 물속을 자유롭게 헤엄치는 남극의 대표적인 동물입니다. 황제펭귄의 삶을 관찰해 보면 가장 주목할 점은 바로 육아입니다. 알을 낳아 부화시키고, 먹이를 주고, 육아에 관련된 모든 것을 암수가 함께합니다.

언젠가 한 방송사의 다큐멘터리는 펭귄의 부정父情과 모정母情을 잘 보여 주었습니다. 아마 펭귄에 관련된 다큐는 그 주제가 부성애와 모성애가 될 수밖에 없을 만큼 부모인 그들의 삶은 공동 육아, 오로지 새끼 펭귄에 대한 사랑으로 가득 차 있습니다.

펭귄의 이러한 사람 못지않은 정성스런 육아의 모습은 펭귄들이 추운 남극 대륙에 살 수 있는 이유에서부터 찾을 수 있습니다. 그들이 극한의 환경 속에서도 남극 대륙에 사는 이유는 새끼 펭귄을 낳고 자라는 겨울 동안에는 천적이 없는 천혜의 환경이기 때문입니다. 물론 바다에는 바다표범이 먹이를 구하는 엄마 펭귄을 호시탐탐 노리기도 합니다. 어쨌든 펭귄들은 새끼들을 위해서 스스로 선택한 혹독한 삶을 결코 주저하지 않습니다.

남극에는 늘 영하 50~60℃ 혹한의 눈보라가 휘몰아칩니다. 그럼에도 남극을 상징하는 펭귄이 얼어 죽지 않고 생존하는 비법은 서로 배려하고 서로 도와주는 '허들링huddling'의 힘 때문입니다. '허들링'이란, 펭귄들이 함께 모여 서로의 체온으로 혹한의 겨울 추위를 견디는 방법입니다.

펭귄은 한곳에 모두 머무를 때, 비로소 허들링을 시작합니다. 추위 속에서 살아남기 위해 서로의 체온을 이용하는 것입니다. 빈틈없이 빽빽이 붙어서 온도를 유지하고 맨 바깥쪽에 있는 펭귄들을 일정 시간 뒤 안쪽으로 서로 자리를 바꿉니다. 무리의 바깥쪽에 있는 펭귄들의 체온이 떨어질 때쯤, 바깥쪽에 서 있는 펭귄과 무리의 원안에 있던 펭귄이 서서히 자리를 맞바꾸는 것입니다. 그렇게 서로의 자리를 바꾸어 가며 혹한을 함께 극복해 나갑니다.

펭귄 부부가 사랑을 나누고 엄마가 알을 낳기까지 대략 50여 일이 걸립니다. 엄마 펭귄이 산란을 하자마자 아빠 펭귄이 즉시 알을 넘겨받습니다. 일 년 동안 단 하나의 알을 낳는 황제펭귄에겐 너무나 중요한 순간입니다. 가장 잊을 수 없는 장면으로 아빠 펭귄은 두 발 위에 알을 올려놓고 따뜻한 배로 알을 덮는 형태로 알 품기를 하는 모습입니다.

알이 차가운 눈에 조금도 닿지 않도록 자신의 몸을 최대한 활용하는, 이런 상태로 그들은 무려 4개월을 버텨야 합니다. 알이 부화하기까지 걸리는 시간입니다. 이 4개월 동안 많은 비극이 발생하기도 합니다. 남극의 온도에서는 알을 품에서 놓치는 순간 알이 얼어 버립니다. 알을 놓친 아빠 펭귄은 이미 얼어 버린 알을 찾아 아쉬움에 다시 품기도 하고, 심지어 비슷하게 생긴 눈덩이를 품기까지 합니다. 보는 내내 마음이 가장 아팠던 장면이기도 하지요.

남극의 겨울은 펭귄들에게도 결코 만만하지 않습니다. 아빠 펭귄은 알이 부화할 때까지 4개월간 굶으며 오로지 체온만으로 추위와 눈을 견딥니다. 그런데 알을 깨고 새끼들이 나오면 평소 추위를 이기기 위해 하던, 현명한 그들만의 생존법인 허들링마저 새끼들로 인해 할 수 없게 됩니다. 혹시 새끼들의 몸에 상처가 나거나 압박으로 죽는 것을 방지하기 위해서지요.

그렇게 숱한 난관을 이겨 내고 알을 무사히 부화시킨 아빠 펭귄들은 참 귀엽기까지 합니다. 어쩌면 사람처럼 팔불출이라고 해야 되나요. 새끼가 조금씩 자라기 시작하고 꽤나 커져도 여전히 자신의 두 발 뒤에 얹어 다니면서 다른 아빠 펭귄들에게 자식 자랑을 합니다.

하지만 아빠 펭귄의 이처럼 뜨거운 부정에도 불구하고 참담한 결과가 생기기도 합니다. 먹이를 제때 구해 오지 못하면 바로 한순간에 추위와 굶주림으로 새끼를 잃는 것입니다. 그렇다고 죽어 얼어 버린 새끼를 포기하지 못 하고 며칠을 품고 지새우는 아빠 펭귄들의 모습. 새끼 펭귄들이 성장할 때까지 새끼가 삶의 전부인 아빠 펭귄의 입장에서는 가장 슬픈 일이 아닐까 싶습니다. 실제로 이렇게 죽는 아기 펭귄들이 무수히 많다고 합니다.

그들의 부정은 때때로 무섭기까지 합니다. 알이나 새끼를 잃은 아빠들은 다른 이의 새끼까지도 뺏으려 하니까요. 다른 아빠가 새끼를 놓치기라도 하는 순간 주변에서 여러 마리가 달려들어 새끼를 데려가려 하기도 하고, 진짜 아빠 펭귄은 자신의 새끼를 지켜 내기 위해 처절하게 그들과 싸웁니다. 새끼 쟁탈전을 벌이는 것이지요. 어쩌면 불량배 같은 느낌이겠지만 위에서 보여 준 부정 때문에 이들의 집착이 더 안타깝게 느껴집니다.

이외에도 아빠 펭귄들은 먹었던 음식물을 새끼에게 주는 모습도 방영되었는데, 위에서 소화시키지 않은 음식물과 내장이 섞인 '펭귄 밀크'입니다. 4개월간 굶은 펭귄이 새끼를 위해서라면 먹었던 음식물을 내어줄 수 있음에 대단히 놀라웠습니다. 심지어 내장의 일부분이 섞여 나오는 고통을 겪으면서까지 말이지요.

전체적으로 아빠 펭귄의 부정父情이 많이 강조되었지만 사실 모정母情이 부재한 것도 아닙니다. 출산 후에 몸이 쇠약해진 엄마 펭귄을 바다로 기꺼이 보내 주는 아빠 펭귄. 엄마 펭귄은 단지 아기 펭귄 곁에 없을 뿐 바다에서 아기 펭귄에게 줄 '펭귄 밀크'를 만들기 위해 바다에서 사냥을 합니다. 그리고 먹이를 물고 돌아와서 아빠 펭귄과 역할을 바꿉니다. 펭귄들이 바다 에서 돌아오는 길은 얼마나 험난했던지 걸어온 길이 붉은색으로 물듭니다. 바로 엄마 펭귄이 쉴 새 없이 걸어오느라 얻은 상처에서 비롯된 것입니다.

황제펭귄의 눈물겨운 부정은 새끼를 방치하고 가 버리는 것에서 비로소 끝이 납니다. 새끼가 남극에서 적응하도록 하기 위해 어느 정도 자라면 새끼를 대륙에 남겨 두고 바다로 돌아가는 것이지요. 그리고 새끼는 자라서 엄마, 아빠 펭귄과 같은 황제펭귄의 일생을 반복하게 됩니다. 그들은 여전히 허들링을 하며 지구상에서 가장 혹독한 삶을 이겨 나갑니다. 그리하여 황제펭귄은 남극을 지배하거나 거스르지 않고 얼음 대륙의 진정한 주인이 되지요.

우리는 살면서 수많은 부모들의 눈물겨운 자식 사랑을 경험합니다. 인간이나 동물이나 그 정도의 차이는 있을지 모르나 그 사랑은 변함없이 참으로 위대합니다. 다만 그 가운데 사랑이 지나쳐 오히려 비난과 지탄의 대상이 되고, 자식을 영원히 씻지 못할 안타까운 상황으로 내몰고 있음도 목도합니다. 그리고 한편으로는 부모의 자식 사랑 못지않게 반대로 자식들의 부모 사랑도 많은 사람들의 입에서 훈훈하게 오르내렸으면 하는 바람도 가져 봅니다.

하루가 다르게 날씨가 점점 추워지는 겨울입니다. 우리에게도 황제펭귄처럼 서로 배려하고 의지하며 위하는 이웃들과의 허들링이 자연스럽게 일어난다면, 보다 따뜻하고 행복한 사회가 될 수 있지 않을까 하는 생각을 한 해가 저물어 가는 세밑에 해 봅니다.

> 오늘은 사랑의 위대함을 비로소 알았기에
> 그대와 함께 있을 수 있음을 기뻐하면서
> 그대를 더욱 많이 사랑해야겠습니다.

우리가 살면서 너무 쉽게 생각해서는 안 되는 것이 사랑이다. 사랑은 가장 소중한 것을 지키고 영원히 마음속에 간직하며, 함께 손잡고 갈 수 있는 열린 가슴을 지녀야 한다. 내 옆에서 쓰러지는 사람이 있을 때, 함께 쓰러지는 것만이 사랑이 아니다. 그 사람을 잡아 주고 일으켜 주고 혼자라도 언제까지나 변함없이 그 옆에서 지켜 주는 것이 사랑이다.

이룰 수 없는, 이루어지지 않는 사랑이라고 쉽게 일찍 포기하지 말자. 영원히 깨끗한 사랑으로 오래 간직하겠다는 마음이 소중하다. 그럴 때, 비로소 사랑은 은근하고 은밀하게 전해지고 한 곳에만 오래 머물지 않으며 쉬지 않고 둥글둥글 잘 굴러간다. 오늘 밤하늘의 저 별 같은 아름다운 사람을 만나자. 그리고 새벽이슬 같이 아름다운 그 사람의 마음에 들어가서, 그런 아름다운 마음으로 서로 사랑하며 살았으면.

언제 보아도, 언제 만나도 늘 한결같은 사람. 그런 사람을 닮은 것이 바로 사랑이다.

2부

사랑이 짙게 물들어서
단풍처럼 빛나다

첫사랑, 그 빛깔과 온도

한 번쯤 죽도록 사랑하다 잃는 것이

아예 사랑하지 않은 것보다 낫다.

이 말은 사랑하다 얻은 아픈 상처의

마음을 위로해 줄 수 있는 말일까.

우리네 삶을 언제나 온통 지배하는,

사랑이란 존재의 정체는 무엇일까.

'눈으로 볼 수 있다면 사랑은 어떤 빛깔이며, 어떤 풍경일까?'
하고 생각한 적이 있다. 우리 삶이 끝나지 않는 한, 어느 누구
에게나 사랑은 지금까지 같은 길을 걸어왔다. 앞으로도 줄곧
한결같이 함께 걸어갈 것이다. 사랑은 우리 영혼에 새겨진 지
워지지 않는 문신文身과도 같다. 사람을 있는 그대로 사랑하는

법을 배우는 데는 오랜 시간과 세월이 걸린다.

우리는 살면서 저마다 수많은 예기치 않은 사랑을 만난다. 그리고 또 어느 순간 가슴 아픈 이별도 한다. 사랑의 순간에 예고 없이 찾아오는 이별의 순간조차도 어쩌면 사랑의 과정이다. 진정한 사랑은 상대를 있는 그대로 온전히 사랑하는 데서 시작된다.

사랑은 함께 있음으로 행복하고, 옆에 있음으로 충분한 시간이다. 요즈음도 가끔은 중·고등학교 학창 시절처럼 풋풋한 사랑을 꿈꾼다. 어쩌면 사랑도 이별도 운명처럼 담담하게, 온전히 그대로 받아들이고 마음속에 내 사랑을 영원히 담아 두기 위한 욕심인지도 모른다. 그것만이 첫사랑을, 내 사랑을 온전히 보존하고 그 특별했던 사랑을 완성하는 것이라고 믿고 있었다.

우리가 살면서 누구에게나 꼭 한 번은 찾아오는 유일한 첫사랑은, 내 사랑이 가진 특권이다. 그 첫사랑을 지독하게 아프게 겪었다. 그래서 사랑은 상대가 무슨 말을 하려 할 때 끝까지 내 일처럼 들어 주고 함께 아파해 주며 공감해 주는 것이 아닐까. 표현하지 않은 사랑은 사랑이 아니다.

가끔은 내 사랑이 있어야 할 자리가 휑하니 허전하다고 느낄 때가 있다. 비록 지금은 불같이 타오르는 열정이 식었다고 해도 내 마음속에 아직도 그 사랑이 살아 있음으로 행복하다. 그러나 아직도 내가 마음속으로나마 사랑한 이의 체온을 느낌으로써 얻는 행복은 미세할 뿐이다. 첫사랑이 있는 사람은 있어서, 없는 사람은 없어서 아프다.

첫사랑은 그 흔한 유행가 노랫말처럼 대충 쉽게 연필로 쓸 수 없는 우리 삶의 진실이다. 그 첫사랑은 누구나 쉽게 쓰고, 쉽게 지울 수 있는 것이 아니었다. 말처럼 쉽게 써지고 쉽게 지워진다면 그것은 이미 첫사랑이 아니다. 돌이켜 생각해 보면 흘러간 내 첫사랑은 그저 바람처럼 잠깐 스치지 않고 내게 너무나 깊이 아프고 그립도록 스며들었던 것 같다. 내 가슴을 떨리게 만들었던 단 한 사람이었다.

주말이면 가까운 산을 오른다. 산을 올라갈 때 미처 보지 못한 꽃을, 내려갈 때 비로소 보기도 한다. 내 첫사랑도 그랬다. 떠난 뒤에야 비로소 사랑이 보이고 그가 보였다. 무슨 말을 할

듯 머뭇거리던 그의 모습이, 지금도 가시가 되어 다가온다.

앞으로 내 사랑은 첫사랑처럼 예기치 않게 오지 말고, 저 바다의 밀물처럼 서서히 아주 느리게 왔으면 좋겠다는 생각을 한다. 그래서 얕은 물골부터 차오르고 난 뒤 더 깊은 물골로 올라오고 건너가는, 저 느림의 속도로 숨죽이며 왔으면 좋겠다. 그리하여 포구를 지키고 있는 내 등대의 발목까지 사랑이 밀물처럼 천천히 왔으면 좋겠다.

우리가 만나는 수많은 인연, 그냥 스치면 인연이고 스며들면 사랑이다. 사랑에도 그 빛깔과 풍경에 맞는 온도가 있지 않을까 하는 생각을 해 본다.

우리가 이루지 못한 첫사랑,

그것은 왠지 도무지 아쉽고 그립다.

지나간 시간과 날들은 모두가 아름답다.

사랑은 새로운 개화開花를 위한 낙화落花다.

그래서 사랑하고, 그래도 사랑한다.

언제까지나 우리는 사랑한다.

정말, 좋아하고 사랑한다

사랑은 어느 날 갑자기 달달하게 다가와

부드러운 솜사탕처럼, 빵처럼 부풀어 익는다.

네 눈동자에 내리는 하얀 눈, 완전한 사랑이 되어라.

사랑은 이따금 눈보라 몰아치고 폭설이 내려 쌓이는 소나무 숲이다. 눈 쌓인 풍경을 바라보는 사람의 눈엔 그 소나무가 아름답지만, 무거운 눈을 떠받치고 있는 소나무는 몹시 힘들다.

사랑하면 다가가 손잡는 게 너무나 당연하다. 그러나 정말로 사랑하면 얼마간 일정한 거리를 두어야 한다. 어느 선에 멈춰서서 더 이상 넘는 것을 스스로 허락하지 말아야 한다. 사랑하는 사람과 오래오래 함께 서 있으려면 언제나 흔들림 없이 늘 제자리에 서 있어야 한다. 잠시 바람에 꽃처럼 나뭇잎처럼 흔들리다가도 언제 그랬냐는 듯이 끄떡없이 그 자리에 서 있어야 한다. 눈 쌓인 소나무와 소나무, 그 틈과 틈 사이에서 이 앙다물고 버티고 서 있어 주는 것이다. 그것이 사랑이다.

사랑은 많은 말이 필요하지 않다. 침묵이 길게 이어져도 사랑하면 전혀 어색하지 않다. 마음으로 느끼고 가슴으로 들을 수 있다. 어떤 때는 수다스런 말보다 오히려 침묵이 반짝이고 빛이 난다. 사랑은 절대로 상대를 외면하지 않는다. 침묵은 먼 바다에서 뭍으로 끝없이 달려가는 파도와 같다.

자신으로 돌아가 가만히 상대의 마음에 귀 기울이면 슬픈 사랑도 아름다운 사랑이 된다. 슬픔에도 말없이 함께 있어 주는 것이 사랑이다. 이별이 두렵지 않다. 그래서 진정한 사랑은 언젠가 헤어진다는 것을 깨닫는 것이다. 사랑은 영원히 떨어져 있고 서로 만나지 못하다가 종착역에 가서야 비로소 만나는 기찻길과도 같다. 그것이 또한 사랑이다.

우리가 살면서 쉽게 내주어서는 안 되는 것이 사랑이다. 사랑은 사랑을 지키고 영원히 간직하고 함께 손잡고 갈 수 있는 뜨거운 가슴을 지녀야 한다. 내 옆에서 쓰러지는 사람이 있을 때 함께 쓰러지는 것이 아니다. 그 사람을 잡아 주고 일으켜 주고 혼자라도 언제나 그 옆에 서 있는 것이 사랑이다. 그럴 때 비로소 사랑은 은근하고 은밀하게 달아오르고 쉬지 않고 둥글둥글 잘 굴러간다.

미지근한 사랑은 금세 차갑게 얼어붙는다. 반면 뜨거운 사랑은 데워진 물처럼 쉽게 얼지 않는다. 서로가 눈멀지 않는 미지근한 사랑은 사랑이 아니다. 겨울 차가운 바람과 물살마저 앞뒤 안 가리고 은근하면서도 뜨겁게. 그것이 정말 사랑이다.

겨울의 그늘진 골짜기 물은 얼음이 언다. 그래도 사랑은 물이 흐른 계절의 흔적을 더듬으며 온기를 움켜쥐고 한겨울을 함께 난다. 사랑은 가장 낮게 흐르는 물소리와 차가운 돌멩이를 밤낮으로 쉬지 않고 어루만진다. 그 돌멩이와 얼음장을 겨우내 들었다 놓았다 하는 사이 우리 사랑은 마침내 활시위처럼 팽팽해질 수밖에 없다.

그러기에 내 사랑이 먼저 진실해야 상대를 진실한 사랑으로 대할 수 있다. 티 없는 아름다운 눈으로 내 사랑을 볼 수 있다.

그리하여 마침내 숲은 숲으로, 나무는 나무로 사랑할 수 있다. 숲으로 불어오는 바람을 바람으로, 들어오는 노을을 노을로 온전히 받아들일 수 있다. 그것이 올바른 사랑이다.

> 서로 좋아한다면
>
> 정말 좋아한다면
>
> 후회 없도록 사랑해야 한다.
>
> 설령, 사랑하다 죽는다 해도
>
> 죽을 만큼 사랑한다면
>
> 그 사랑은 결코 죽지 않는다.

봄을 예쁘게 노래하다

시간이 갈수록 내 주변의

소중한 것들은 점점 더 소중해지고

그냥 지나쳤던 것도 더 소중해지는 것을

시간이 흐르고 나이를 먹으면서

비로소 자연스럽게 알게 되는 것들이 있다.

꽃처럼 새로 피어나고 시드는 사랑이 그렇다.

창가에서 봄을 바라고 서 있는 내가, 잠시 김춘수 시인의 시 「샤갈의 마을에 내리는 눈」에 나오는 사나이가 되어 본다. 그러자 내 관자놀이에도 봄이 찾아와 새로 돋은 정맥靜脈이 짙푸른 하늘로 살아나 바르르 떨고 있음을 직감한다.

봄이 오면 겨우내 얼었던 땅을 헤집고 고개를 내미는 복수초를 시작으로 매화꽃·산수유·동백꽃·개나리·진달래가 앞을 다투어 꽃망울을 터트리고 아름다운 꽃을 피운다. 봄꽃을 보면서 사랑하는 사람을 가슴에 담아 두고 매일같이 꽃을 피우는 사람의 행복만 한 게 있을까 싶다. 사계절, 철따라 피는 꽃이 우리 사는 주변에 많이 있지만 유독 봄꽃은 그 느낌이 새롭다. 봄꽃을 보면 언제, 어느새, 벌써 하고 감탄사가 절로 나온다. 고단한 내 혼을 흔든다.

봄. 내 주변의 사소한 것들도 사랑할 줄 알게 되는, 지금 곁에 있는 그 자체만으로도 소중함을 알게 된다. 점점 사라지고 잊혀 가는 관계의 너와 나, 우리들만의 것을 사랑할 줄 아는 사람이 되도록 만들어 주는 계절이 봄이다. 절로 사랑하고, 저절로 사랑하고 싶어지는 봄. 꽃이 피는 소리에 가만히 귀 기울여 본다.

언젠가부터 우린 사는 데 급급한 나머지, 밀어닥친 쓰나미 같은 삶의 부대낌과 소음으로 인해 쉼표 없는 날들을 보내고 있다. 그러다 우연히 내 마음속에 흐르는 은밀한 기도 소리, 봄눈 녹아 흐르는 산사山寺의 풍경 소리를 듣는다. 그 소리에 한

없이 푹 빠져들어 계곡 물소리를 들으며 갑자기 찾아온 사랑하는 그대와 함께 걸으면 마음의 여유도 얻고 숨겨진 감춰진 내 모습도 비로소 돌아보게 된다. 남을 알아 가는데 만족하고 정작 내 모습은 잊고 내 마음을 잃고 사는 게 아닌지 되돌아볼 일이다.

한동안 어두웠던 하늘이었지만 지금은 열닷새 보름의 달빛이 되어 소리 없는 그림자가 되어 내 뒤를 말없이 따라오고 있다. 지금 그대와 어깨를 나란히 하고 풀벌레 소리 발길로 툭툭 차며 밤이슬 앞세워 밤새워 아늑한 이 숲길을 걷는 순간이 참으로 행복하다. 이 순간이 내 곁에 오래 영원히 머무르게 하려면 잠시 가졌던 욕심도 다 내려놓자. 그리고 이제는 그저 베풀고 나눠 주는 시간, 다가오는 이에게 언제나 기댈 수 있는 등을 내어 주는 것으로 주어진 삶의 시간을 채워 나가면 어떨까.

"너를 알고 난 다음부터 나는 / 잠을 자도 / 혼자 잠을 자는 것이 아니라 / 너와 함께 잠을 자는 것이요, // 너를 알고 난 다음부터 나는 / 길을 걸어도 / 혼자 걷는 것이 아니라 / 너와 함께 걷는 것이요, // 너를 알고 난 다음부터 나는 / 달을 보아도 / 혼자 바라보는 달이 아니라 / 너와 함께 바라보는 달이다. // 너를 알고 난 다음부터 나는 / 노래를 들어도 / 혼자 듣는 노래가 아니라 / 너와 함께 듣는 노래이다."

우리가 잘 아는 「풀꽃」의 나태주 시인은 한평생을 교육계에 바쳤던 분이다. 지금은 교단에서 물러나 황혼의 인생을 누리고 만끽하며 초청만 있으면 먼 길을 마다않고 달려가 문학을 이야기하고, 시를 이야기하기 위해 다니시는 분 중의 한 분이다. 언젠가부터 세상을 바라보는 눈을 크게 떠보니 시인의 「너를 알고 난 다음부터 나는」이라는 시를 무척 좋아하여 독백처럼 읊조리게 되었다.

나태주 시인의 실제 나이를 알고 그의 시를 읽으면 아직도 여전히 때 묻지 않은 순수한 소년 소녀의 감성과 청년의 불타는 가슴을 지니고 있음에 놀라게 된다. 그럴 때면 길섶에 피어 있는 이름 모를 풀꽃 한 송이를 보더라도 감탄사를 연발하는 유년 시절의 모습으로 돌아가고 싶고 그때가 그립다. 해마다 봄이 되면 그러하다.

아는 사람은 사랑을 말하지 않는다.

말하는 사람은 사랑을 알지 못한다.

지독한 사랑을 해 보면 누구나 안다.

사랑이 내 영혼을 흔들어 깨운다.

우리가 그리워하는 것

봄날에 산을 오른다.

한겨울을 이겨 낸 봄꽃을 보니

이 우주 한구석이 갑자기 환하다.

봄날이 가진 힘은 사랑처럼 무궁무진하다.

이른 봄. 양지바른 곳에 고개를 내밀고 있는 이름 모를 풀꽃을
본다. 불어오는 바람에 하늘거리는 풀꽃을 본다. 얼른 걸음을
옮기지 못 하고 풀꽃과 다른 풀꽃을 본다. 어느 시인의 읊조림
처럼 이 풀꽃도 자세히 보면 예쁘고, 오래 보면 그렇게 사랑스
러울 수가 없다. 산을 오를수록 온 세상을 파랗게 물들이는 계
절이다.

봄에는 하물며 사소한 풀꽃 하나도 이러할진대 내 곁에 있는 모든 사물은 어떨까. 우리 주변에서 쉽게 마주하는 그렇게 썩 예쁘지 않은 것도 자세히 보아서 예쁘게 볼 필요가 있다. 만약에 그동안 그렇게 예쁘다고 느끼지 못했고 사랑스럽다고 느끼지 못했던, 사랑스럽지 않은 것이 있다면 이제는 좀 더 오래 보자. 그러고 자세히 보면 지금껏 느끼지 못했던 사랑스러움을 새롭게 느끼지 않을까 싶다. 세상 한구석이 소스라칠 만큼 밝아 온다.

우리는 살아가면서 수많은 인연을 만난다. 그 인연의 색깔을 알고 나면 친구가 되고, 모양까지 알고 나면 어느새 연인이 된다. 그리하여 그 연인들은 예쁜 사랑을 한다. 그들은 한발 더 나아가 어떤 사랑을 하면 참 좋을까 하고 생각을 한다. 연인이 되어 서로 사랑하면서 예쁘지 않은 것을 예쁘게 보아 주고, 좋지 않은 것을 좋게 생각해 주며, 싫은 것도 잘 참아 주면서 처음만 그런 것이 아니라 나중까지, 아주 나중까지도 그렇게 하는 것이 바로 사랑이다. 처음에는 누구나 서툰 것도 사랑이다. 그 서투름을 두려워하지 말자.

지금 어딘가 내가 모르는 곳에 보이지 않는 곳에서 이름 모를 풀꽃처럼, 봄꽃처럼 웃고 있는 너 한 사람으로 인하여 세상은 다시

한 번 눈부신 아침이 된다. 또 어딘가 네가 모르는 곳에 보이지 않는 풀잎처럼 숨을 쉬고 있는 너 한 사람으로 인하여 세상은 다시 한 번 고요한 저녁이 된다. 그리하여 우리 모두가 행복한 꿈을 꾸는 세상이 된다. 새털구름 하나 떠가는 하늘도 보인다.

꽃샘추위가 기승을 부려도 매화꽃·살구꽃·벚꽃·목련의 꽃봉오리 송이 송이들이, 이름 모를 풀꽃들 눈 뜨는 소리에 오늘 걷는 이 길은 우리 모두가 행복한 꿈길이 된다.

이 땅의 젊음이여! 청춘이여! 사랑하라! 맘껏 사랑하라! 누군가는 아프기 때문에 청춘이라 했지만 더 이상 아프지 마라. 그렇게 아프기에는 우리에게 주어진 청춘의 시간이 너무나 짧다. 아픔의 시간, 고통의 시간을 최대한 줄이자. 하늘의 별처럼, 땅 위의 꽃처럼 기죽지 말고 살고 자신만의 꿈을 꾸고 꽃을 피우며 사랑하자. 마음도, 몸도, 그 무엇도 마찬가지다. 숨 가쁜 희망도 내 것이다.

우리는 결코 혼자가 아니다. 외로울 때는 혼자서라도 부를 노래가 있다. 저녁때는 돌아갈 집이 있고 가족이 있다. 힘들 때는 마음속으로 생각할 부모님이, 기다리는 형제가 있다. 그렇다. 살다 보면 상처도 생기고 흉터는 남는다. 그러나 시간이 흐르고 잘 아물면 이것도 날개가 된다. 아파하지 말고 두려워하지 말자.

누군가를 사랑하고, 그리워하고, 기다리는 일은 정말 좋은 일이다. 참으로 아름다운 일이다. 꽃이나 새, 산이나 구름, 바람이나 풀, 바위나 돌 등 어떤 자연이든 생물이든 그 모두를 사랑하고 그리워하자. 저 푸르른 하늘도 그리워하자. 이 아름다운 날에는 꽃 한 송이 결코 헛되이 피어나지 않는다. 우리가 그 꽃이 된다.

꽃만 그렇지 않다.
너도 그렇고 나도 그렇다.
우리가 그렇고 모두가 그렇다.
우리가 꿈꾸는 봄날이 그렇다.

마침, 목련이 피었습니다

사랑을 얻는 최선의 방법은

하늘을 향해 훨훨 날아가도록

사랑에 날개를 달아 주는 것이다.

사랑이 제 혼자 익어 갈 수 없기 때문이다.

지금 우리에게 필요한 것은 사랑의 날개다.

캠퍼스에서 한 사람을 만났습니다. 그 첫인상이 하얀 목련 같았습니다. 화사한 봄날의 백목련. 마치 희디흰 백설처럼 다가왔습니다. 너무나 갑자기 눈앞에 피어난 모습에 순간 어지럼증을 느꼈습니다. 예고하지 않은 손님처럼 갑자기 찾아온 탓에 얼마간 수줍음으로 바로 바라보지 못했습니다. 슬며시 다른 곳을 보는 척하며 보니 사알짝 하늘 보고는 이내 수줍게 미소

짓는 어김없는 봄날의 목련이었습니다.

목련이 이처럼 눈부시고 아름다운 꽃이었던가요. 떨리는 마음
으로 몇 마디 말도 건넸습니다. 돌아온 대답으로 인해 속마음
마저 때 묻지 않은 맑은 영혼임을 알았습니다. 해맑은 청노루
눈망울을 가졌음도 보았습니다. 그 눈망울의 청아함이 꽃잎에
어린 새벽이슬처럼 느껴졌습니다. 그날부터 목련이 서 있던 자
리는 외면할 수 없는 신앙처럼 어느 순간 내 마음에 자리 잡았
습니다.

어느 가수가 불렀던 〈사월의 목련〉이라는 노랫말이 생각납니
다. 그 노랫말처럼 마주친 첫 모습은 분명 그랬습니다. 마치
봄의 하얗고 눈부신 햇살의 입자가 하늘에서 눈가루처럼 쏟아
져 내리는 그런 느낌이었습니다. 이제껏 살아오며 삶의 험난한
많은 강을 어떻게 건너 왔을까요. 그 많은 세월 속에서도 많은
고난과 유혹을 다 물리치며 어찌 그리 맑은 영혼처럼 살았을까
요. 꾸밈없는 순결함은 아무리 감추려야 감출 수 없는 맑은 영
혼이었습니다. 그 영혼으로 말미암아 세속에 물들어 잠시 흔
들리던 마음도 덩달아 깨끗해졌습니다. 내 존재의 저 깊은 곳
이 환해짐을 느꼈습니다.

지금은 목련꽃이 완연한 봄입니다. 이 봄, 목련은 마악 깨어난 꽃잎을 달고 꿈틀거리는 천사 같은 하얀 요정들입니다. 간지러운 꽃가지를 가만히 만져 보면 어느새 와스스 하고 하얀 달빛들이 백설처럼 쏟아져 내립니다. 온밤 내내 잠 못 이루고 달빛에 구워 낸 꽃향기가 코를 찌릅니다. 하얀 목련에게 자석에 이끌리듯 다가가면 그 부드러움과 아름다움에 찔려 딱딱하고 메말랐던 마음이 금세 촉촉해지고 말랑말랑해지고 환해집니다.

누군가를 좋아하고 사랑한다는 것은, 누군가의 사랑하는 사람이 된다는 것이 이토록 황홀한 기분을 가져다준다는 것을 느낍니다. 활짝 피어 있을 때는 꽃잎이 아름답지만, 그 순백의 아름다움이 힘에 부쳐 땅으로 떨어지는 낙화의 순간이 더 아름다운 것을 상상합니다. 설령 목련이 내 곁을 떠날지라도 이제 다른 사람도 더 오래오래 많이 좋아하고 아끼고 사랑할 수 있을 듯도 합니다.

이 봄의 목련은 기쁘게 다가와서는 슬프게 떠나갈 사람처럼 아름다운 자태입니다. 그러나 앞서 노래한 목련이 내 곁을, 우리 곁을 갑자기 와서는 예고 없이 떠날 것도 예감합니다. 목련은 활짝 피었다가 마침내 소리 없이 떠납니다. 언젠가는 목련이 소리 내어 흐득흐득 울음을 삼키듯 땅바닥으로 낙엽처럼 떨어져 내려앉겠지요. 가는 봄처럼, 말없이 조용히 은밀하게 떠날 것을 예감하니 순간 슬퍼집니다. 그래도 어쩔 수 없겠지요. 그것이 정해진 목련의 운명이고 바라보는 우리의 숙명이라면.

다만, 내게서 떠나는 날도 목련이 환하게 피는 봄날이었으면 좋겠습니다. 그리고 떠날 때는 많이 슬프겠지만, 지금 당장은 목련의 꽃침에 무수히 찔려 보는 것도 황홀한 일입니다. 목련이 전해 준 귀엣말이 쉽게 내뱉은 허튼 말이 아닌 영원히 우리 마음에 남아 꽃이 되고, 향기가 되고, 노래가 되었으면 합니다.

살면서 그저 바라보기만 해도 그 순간 미소가 지어지고 한없이 행복해지는 사람을 만나 본 적이 있나요. 그런 사람에게 자신의 마음을 고백해 본 적이 있나요. 또 그런 사람이 곁을 떠나고 난 뒤 그리워해 본 적이 있나요. 살다 보면 사랑은 늘 그렇게 예기치 않게 우리에게 불쑥 나타납니다. 갑자기 쓰윽 우리에게 다가와 깜짝 놀라게 하지요. 가끔은 그러한 만남과 인연이 소설과 영화의 한 장면처럼. 그럴 때 우리는 말합니다. 내 사랑은 여느 사랑과 달랐다고. 그렇게 말하는 사람이 점점 많았으면 좋겠습니다.

우리 사는 세상은

사랑한 만큼 행복하고

사랑한 만큼 쓸쓸하다.

행복 없는 사랑도 없고

고독과 아픔 없는 사랑도 없다.

사랑은 때에 맞춰 오고 간다.

정확히 예감에 맞는가 싶으면

정확하게 예상을 철저히 빗나가는

우리에게 사랑은 그렇다.

그래서 사랑하고

그래도 사랑한다.

사랑이 저 강물처럼 흐르다

사랑의 기억과 추억은 언제나

가까이 다가가면 보이지 않다가

돌아서면 그리움으로 사무쳐 오는

오늘도 제 혼자서 흐르는 강이다.

누군가 심각하게 물어왔다. '사랑해요'의 반대말이 무엇인지. 내가 말했다. '미워해요'라고. 아니면 그보다는 '싫어해요'가 맞을 거라고 즉흥적으로 말했다. 그랬더니 이도 저도 아니란다. 물음의 정답은 '사랑했어요'라고. 심각하게 그 연유를 물었더니 이렇다. '미워해요'나, '싫어해요'는 말은 그래도 아직 상대에 대한 남은 관심을 나타내지만, 떠난 사람은 아무 관심과 미련이 없어서 그렇단다. 듣고 보니 정말 그런 것 같다.

작년 이맘때 왔다가 눈 깜짝할 사이에 소리 소문 없이 가 버린 봄, 일 년 만에 다시 찾아와 주니 마치 목 놓아 애타게 그렇게 기다리던 손님이 온 것처럼 무척이나 반갑다. 그런데 그저 잠깐만 들르려고 급히 왔는지 이 봄을 채 느끼기도 전에 벌써 봄은 우리 곁을 떠나려 한다. 해마다 봄이 오면, 애타게 기다리던 봄을 조금이라도 더 머물게 하고 싶다.

그래서 봄이 쓰고 온 연초록빛 모자를 내려놓고 편히 앉아 쉬라고 말도 건네 보기도 하고, 그러다가도 내 마음이 먼저 조급해져 모자를 빼앗아 보며 또 입고 온 옷자락을 슬쩍 잡아끌기도 한다. 또 그동안 나누지 못했던 밀린 이야기를 나누고 싶어 조용한 산책로로, 한적한 찻집으로 끌어당겨 보기도 한다.

그럼에도 불구하고 이 봄이 그리 오래 우리 곁에 머물 것 같지는 않다. 이 세상 모든 사랑이 영원하지 않은 것처럼. 저 멀리 바람에 실려 들려오는 봄꽃 향기만 전해 주고 봄은 이내 우리 곁을 말없이 떠나갈 것이다. 이럴 때면 거역할 수 없는 자연의 변화무쌍함과 사랑의 변덕스러움이 어쩌면 서로 닮았다는 생각을 하곤 한다.

한 남자의 사랑이, 한 여자의 달콤한 사랑이 불같이 타오르다
가 어느 날 언제 그랬냐는 듯 그렇게 떠나고 사그라질 줄을 처
음엔 모른다. 그러다가 막상 겪고 나면 알게 된다. 사랑이란,
필 때는 그렇게 힘들게 꽃을 피우고는 떨어질 때는 바람 한번
불면 너무나 쉽게 떨어지고 마는 한 송이 꽃이라는 것을. 이는
사랑을 해 보면 누구나 흔히 겪는 일이기도 하다. 내 사랑이
흔들리는 시간이다.

계산 빠른 머리를 가진 사람은 금방 다 아는 사실일지 모르지
만, 사랑하는 가슴은 언제나 그것을 꼭 뒤늦게야 배운다. 어느
날 갑자기 그토록 한때 죽도록 사랑했던 연인이 떠났다는 사
실을 머리는 잘 알지만 가슴은 여전히 그걸 인정하지 못한다.
애써 부정하며 그 사랑에 연연해하며 두고두고 잠 못 이루며
혼자 아파한다. 사랑이란 그런 거다.

시간이 흐르고, 마침내 세월도 늙어 가는 긴 삶을 살다 보면
앞서 수긍했던 '사랑해요'의 반대말이 결코 '사랑했어요'가 아
니라는 것도 저절로 깨닫게 된다. 나이가 들어갈수록 점점 이
것저것 따지는 계산하는 머리는 커진다. 그래도 젊은 시절 순
수한 사랑을 했던 가슴마저 메말라 가면 그 옛날 내가 사랑했

던 기억들이 얼마나 아름답고 소중한 것이었는지 깨닫게 되는 날이 온다. 그땐 '지금도 사랑하고 있어요.'라는 말만 추억처럼 남는다.

내 사랑을 돌아보는 일은 소소한 드라마를 통해서도, 감명 깊은 영화를 보면서도 가능하다. 또 일상의 작은 에피소드를 통해서도 가능하다. 그래서 바로 지금, 당장 내 곁에 있는 사랑이 그 무엇보다도 그만큼 소중하다는 것이다. 이내 왔다가 금방 가는 봄처럼 언젠가 사랑도 떠나간다. 저 흐르는 강물처럼. 그래도 슬퍼하지 말자. 간봄이 또 오는 것처럼 사랑은 떠나면 다시 찾아온다.

사랑하다 보면 견디어 내기 버거운 날도 있다.
사랑하다 보면 홀로 남겨진 듯 쓸쓸한 날도 있다.
한창 젊을 때의 봄이
기쁨과 설렘으로 차 있는 홑겹의 사랑이라면,
시간이 흘러 찾아온 봄은
기쁨과 슬픔을 아울러 지닌 겹겹의 사랑이다.

아플 때, 네가 필요했다

꽃이 피기까지는 많은 기다림이 필요했었어.

꽃이 지기까지는 그런 황홀함이 찰나였어.

꽃 같은 그대를 잊는 것은 너무 한참이었어.

봄꽃이 절정인 주말에 봄바람에 떠밀려 춘천행 경춘선에 몸을 실었다. 원색의 나들이 복장을 입은 일행들이 이야기꽃을 피운다. 어느 지역 사투리인지 와자지껄 특유의 걸쭉한 입담이 한창이다. 머리칼이 제법 희끗희끗한 이들의 화두는 '첫사랑'이다. 중년의 나이라면 여자든 남자든 살아온 세월만큼 첫사랑에 대한 아름다운 추억이 있기 마련이다.

그들로 인해 잠시 풋풋한 긴 상념에 잠겼다. 첫사랑, 그것은 돌이켜 보면 선연한 추억이며, 반추해 볼수록 아련한 그리움으로 남아 가슴 한구석을 찡하게 울린다. 내 숨결마다 혈관마다 그리고 심장 깊숙한 곳까지 차올라 한시도 제자리에 멈추지 못하는 삶의 수레바퀴가 되어 여전히 나와 함께 같은 길을 걸어왔다.

그것은 언제나 저마다 삶의 책갈피에 마치 나를 기다리듯이 조용히 자리 잡고 있다. 소쩍새 우는 봄밤이나 매섭고 세찬 바람이 문풍지를 울리는 겨울밤, 누구나 첫사랑에 대한 추억의 순간을 떠올리다 보면 잠 못 드는 밤을 더 허허롭게 만든다.

누구나처럼 내게도 첫사랑이 있었다. 고교 시절, 그 친구를 만나는 2년 남짓 동안 단 한 번도 좋아한다는 말을 못했다. 그러한 모든 것이 소심하고 수줍은 내 성격에 기인하는 것이겠지만. 그때는 쉽게 그 말을 하지 않는 것이 오히려 많이 좋아하고, 더 사랑하는 마음의 표현인 줄 알았다.

지금은 그저 그 친구를 고이 접어 가슴에 묻었다. 세상이 힘들게 할 때마다 한 번씩 가끔 그 친구를 꺼내어 펼쳐 본다. 그 친구에 대한 기억은 봄꽃처럼 여전히 생생한데, 세월이 이젠 빛바랜 사진과도 같은 첫사랑을 마치 열차가 스치어 지나듯 보냈다. 고3이 되어 남들은 공부하는데 친구는 몹시 아팠다. 그리고 그 젊은 한창의 나이에 그렇게 짧은 시간에 갑자기 떠날 줄은 꿈에도 몰랐다.

사랑은 구차하게 변명하지 않는다는데, 지금 생각하면 당시 고3이었던 나는 그때 입시 준비를 핑계로 무능하고 무력했다. 그 친구의 이야기를 다 들어 주지 못했다. 그에게 가졌던 고마움의 마음도 전달해야 하는데, 따스한 말 한마디 제대로 하지 못했다. 마지막으로 만난 그 친구는 내 앞에서 어떤 말을 할 듯 말 듯 머뭇거리다 하염없이 눈물만 흘리고는 저 하늘로 떠났다.

그 친구는 갔다. 많은 시간이 흐르고 나서야 하늘의 별 같이 반짝이는 황홀한 존재로 다가왔다. 하늘을 우러러 막연하게 품고 있던 별 하나가 다가와 별이 되었다. 마치 기다리던 비처럼 내려 어느 봄날 내 곁으로 흘러와 물오르는 나무를 물들이는 강물이 되었다. 비로소 그날부터 우리는 함께 저녁 강을 건너서 깊은 산속 오솔길을 걸어 들어갔다. 작은 산 하나도 지나고 마침내 우리가 사랑하는 시詩와 별로 만나던 추억의 시간이 되었다.

이제 홀로 저녁 강가에 앉아 하늘의 별을 찾아본다. 지금의 시간엔 무엇이 달라졌을까. 올려다본 하늘에는 아직도 여전히 그 별이 있고, 그녀는 영원한 그리운 얼굴로 남아 있다. 그가 쏟아 내던 말들이, 별이 되고 시가 되어 내 마음에 아직도 선명하게 남아 있다. 그가 말하는 소리가 들린다. 네가 필요했다고. 아플 때…….

첫사랑은 돌아올 수 없는 영원한 여행을 떠났다. 그렇지만 눈을 감으면 지금도 봄 아지랑이 아롱아롱한 언덕길을 눈부신 하얀 교복을 입은 그녀가 사뿐사뿐 걸어오고 있다. 언제나 윤이 나는 검은 머리를 정성스럽게 빗은 순백의 한 여고생이 보인다. 반짝이는 검은 두 눈망울에 희다 못해 백합 같은 얼굴, 백설의 피부를 가졌던 첫사랑. 그는 지금도 꿈속에서 내게 걸어오고 있다. 첫사랑은 세월의 나이를 먹어도 알 듯 모를 듯, 도무지 가 보지 않은, 언제나 영원한 수수께끼 같은 미지의 세계가 아닐까.

좀처럼 마르지 않는 젖은 가슴 털어 내며

바람에 먼저 손 내밀어 내 마음 낮추어 보지만

그곳에는 쉽게 떠나지 못하는 노을만이 있었다.

그가 있었고 내가 있었다.

내 사랑은 얼마큼 자랐을까

사랑은 봄비 소리만 들어도 소리 없이 자란다.

눈뜨고 일어나 창을 열어 보면 밤사이 성큼 자랐다.

그러다 사랑은 우리에게 어느 날 갑자기 불쑥 찾아온다.

사랑하는 사람이 문득 그리워지고 사랑스러워지는 계절이다.

*春雨細不滴*춘우세부적

  봄비가 가늘어 방울도 듣지 않더니

*夜中微有聲*야중미유성

  밤중에 약간 소리가 나는 듯했네.

*雪盡南溪漲*설진남계창

  눈이 다 녹아 남쪽 개울에 물이 불었거니,

*草芽多少生*초아다소생

봄비 소리에 풀싹이 벌써 얼마나 돋아났을까?

春眠不覺曉춘면불각효
　봄잠에 날이 밝는 줄 몰랐더니,
處處聞啼鳥처처문제조
　곳곳에서 어느새 새소리 들리네.
夜來風雨聲야래풍우성
　밤사이 비바람 소리에
花落知多少화락지다소
　그 봄꽃들이 얼마나 떨어졌을까?

앞의 한시漢詩는 오언절구 형식으로 고려시대 충신 포은 정몽주가 지은 「춘흥春興」과 당나라 시인 맹호연이 지은 「춘효春曉」이다. 전자는 다가오는 봄에 대한 흥취와 기대감을 드러내고 이를 섬세한 감각으로 표현했다. 처음에는 방울도 떨어지지 않을 만큼 약하게 오던 비가 밤이 되자 약간 소리가 날 정도로 오기 시작했음을 표현하고 있다. 따뜻한 봄비가 내리면 응달의 눈이 녹고 남쪽 개울가에는 물이 불어나고 풀싹이 돋아나는 등 봄의 기운을 몰고 온다.

반면에 후자는 새소리가 마냥 들리던 봄날, 어느새 계절을 재촉하는 비가 내리면서 봄꽃이 속절없이 떨어지는 모습을 통해 지나가는 봄에 대한 진한 아쉬움을 표현하고 있다는 점에서 차이가 있다. 이처럼 봄이 우리에게 주는 흥취와 감흥은 참 대단하다. 오는 봄에 대한 기대감도 컸지만 가는 봄에 대한 아쉬움도 매우 큼을 노래했다.

바꾸어 말하면, 봄이라는 계절을 사계절 어느 계절보다도 많은 사람들이 많이 아끼고 사랑했다는 반증反證이기도 하다. 그래서 그런지 유독 봄을 맞이하고, 보내는 마음을 노래한 작품들이 많다. 마찬가지로 고려시대 문신 정지상은 비 갠 둑에 풀빛이 짙어 오는 아름다움에 대조하여 사랑하는 사람과의 이별을 노래하기도 했다. 또 조선의 허난설헌은 보슬보슬 연못에 내리는 봄비를 보면서 자신의 애틋한 마음을 노래하기도 했다. 그만큼 봄이 주는 설렘과 아쉬움의 감흥은 자못 컸나 보다.

봄을 사랑하는 마음은 예나 지금이나 한결같다. 앞서 김춘수 시인은 봄을 바라고 섰는 사나이의 관자놀이에 새로 돋은 정맥이 바르르 뗜다고 하였다. 유안진 시인은 이름을 떠올리고 생각만 해도 봄을 연상하게 하는 춘천에 가면 이 산 저 산에 피고 있는 진달래꽃을 닮은 누가 있을 거라고. 더불어 새봄 한 아름을 만날 수 있을 거라는 상상을 한다. 그러면서 봄은 산 너머 남촌이 아닌 춘천에서 온다고 노래했다. 봄은 무궁무진한 존재다. 많은 이들을 웃게도 만들고, 울리기도 하는 변화무쌍한 마력의 힘을 가진 존재다.

봄은 바람의 소리마저 다르다. 우리의 귀가 밝아지기 때문이 아니다. 바람이 맑아지기 때문이다. 새싹이 움트고, 새들이 노래한다. 하늘은 맑아 눈부시게 푸르고 흙은 그 부드러운 몸을 드러낸다. 몸이 근질근질해서 도무지 견딜 수 없다. 바람 불어오는 봄날, 모든 잎맥이 바람에 스쳐서 떨릴 때, 우리의 가슴마저 마음마저 저절로 파르르 울림을 느낀다. 이 봄에는 누구라도 만나서 수다를 떨고 싶다. 누구라도 사랑하고 싶다. 어느새 내 몸이, 입이 이미 악기를 닮아 간다. 나도 모르게 흥겨운 소리를 낸다.

봄에는 저절로 궁금하다. 봄이 오면.
이맘때쯤, 내 사랑은 얼마큼 자랐을까.
봄이라서 그런지 더욱 궁금해졌다.
아마 내 사랑에도 울긋불긋 단풍이 들 것이다.

이별 후에, 우리는 다시 만난다

사랑에서는 유난히 깊은 바다 냄새가 나기도 한다.

심해 저쪽 기억의 밑바닥에서 잔뜩 웅크리고 있다가

그러다 갑자기 비가 되어 우리 곁을 부슬부슬 내린다.

꽃들이 한꺼번에 흐드러지게 피어나는 봄날, 소소리바람에 내 사랑은 흩날리는 꽃잎이 되어 날아갔다. 여느 때와 같은 그저 평범한 날이었지만 반가운 사람을 만나 내게는 삶의 특별한 날들이 되었다. 그를 만나는 동안 한동안 오래 꺼져 있던 내 안의 등불 하나가 소리 없이 한봄을 밝히고 있었는데. 수없이 많은 어둠이 지나고 밝아 온 아침이 다시 어둠이 되었다.

간혹 사랑하는 사람을 뜻하지 않게 찾아온 사고로 이별하고 힘들어하는 사람들을 내 주변에서 많이 본다. 이제 그 사람을 이 아름다운 세상에서 다시 볼 수 없다는 사실에 너무나 가슴이 아파 오고 세상이 무너지는 아픔에 애절하게 운다. 이제는 그의 목소리를 들을 수 없다. 더욱이 그의 손도 만질 수 없다는 사실에 하늘이 무너질 듯 슬프다.

우리는 그 사실을 늘 너무 늦게야 알고 깨닫는다. 사랑은 영원히 지속되고 계속되는 것이 아니라는 것을. 언젠가는 운명으로 이별해야 한다는 것을. 그렇기에 떠나지 않고 바로 지금 내 곁에 있는 사랑이 그만큼 소중하다.

어렵겠지만, 참으로 힘들고 어렵겠지만 육신의 죽음이 전부가 아니라고 생각할 수는 없을까. 내가 좋아하고 사랑했던 그 사람의 몸은 내 눈앞에서 당장 사라졌지만 그 육신은 자연으로 돌아가 더 아름답게 태어나는 거라고 생각하면 어떨까.

이런 생각은 내 곁을 떠난 그 사람을 생각하는 길이고, 그 사람을 잊지 않고 계속 생각할 수 있는 나를 위하는 일이 아닐까. 줄곧 고심한 끝에 도달한 생각의 목적지다. 자세히 보면 투명한 햇살 속에, 향기로운 바람 속에 저 하늘의 반짝이는 별

속에, 내가 지금 걷고 있는 길섶의 들국화 속에, 사랑했던 그 사람의 영혼이 늘 살아 있다면 하염없이 슬픔에 빠져 있을 일만은 결코 아니다. 사랑하는 이를 속절없이 떠나보낸 사람은 안다.

이제 이 세상에서의 아쉬운 작별을 준비하거나 이미 사랑하는 사람을 하늘나라로 먼저 떠나보내고 아파하는 분들에게 이 글이 조금은 위로가 되었으면 하는 바람이다. 미국의 여류시인 매리 프라이는 다음과 같은 시를 남겼다.

"내 무덤가에 서서 울지 마세요. 나는 거기 없고, 잠들지 않았어요. 나는 천 갈래 만 갈래로 부는 바람이며 금강석처럼 반짝이는 눈이며 무르익은 곡식을 비추는 햇빛이며 촉촉이 내리는 가을비예요. 당신이 숨죽인 듯 고요한 아침에 깨면 나는 원을 그리며 포르르 말없이 날아오르는 새들이고 밤에 부드럽게 빛나는 별이에요. 내 무덤가에 서서 울지 마세요. 나는 거기 없어요. 죽지 않았으니까요."

사랑을 하는 동안은 내게는 죽을 것 같았던 그렇게 절절했던 사랑도, 대중가요의 노랫말처럼 하루아침에 님이 아닌 남이 되

어 견딜 수 없이 아팠던 사랑도 어느 날 갑자기 또다시 찾아온
다른 사랑으로 잊히기도 한다. 그러기에 우리는 또 살아갈 수
있는 것이다.

바람 불고 조금 한적한

볕 좋은 언덕에 꽃이 피면

우리는 그 꽃피는 모습만으로도

사랑의 메시지를 전해 받는다.

보랏빛 마알간 용담꽃의 메시지를.

단풍에 사랑을 담다

샘물은 강물과 하나 되고

강물은 다시 바다와 섞인다.

이 세상에 혼자인 것은 없다.

결코 나 홀로 혼자인 것은 없다.

하물며 사랑은 더 말할 나위가 없다.

시인 퍼시 B. 셸리는 영국 시인으로 바이런, 키츠와 함께 대표적인 낭만주의 시인입니다. 비판정신과 철학적 명상이 가득한 시들을 남긴 그는 요트 항해를 하던 중 불의의 사고로 익사해서 시신을 화장火葬했는데 심장은 끝까지 타지 않았다고 합니다.

살아가면서 사랑에 눈뜬다는 것은 분명 축복입니다. 새롭게 태어나는 것과 마찬가지이기 때문입니다. 그래서 함께 있으면 마치 이 세상을 다 가진 듯 하나도 부족함이 없는 것, 다른 곳에 결코 한눈을 팔지 않고 둘만이 하나의 세계를 이루는 것, 그것이 진정한 사랑입니다. 그렇다고 서로를 맹목적으로 가지려 하고 소유하는 것은 사랑이 아닙니다. 각자가 하나의 세계를 가지고 둘이 하나가 되는, 그런 사랑이 진실한 사랑입니다. 그런데 아, 사랑은 달콤하지만 너무 아픕니다.

"네가 가진 모든 것을 다 주어도 마음만은 주지 마라. 결코 사랑을 하지 마라."고 충고할지도 모릅니다. 왜 그럴까요? 그만큼 사랑의 상처는 너무나 슬프고 아프기 때문입니다. 하지만 이렇게 말하고 싶습니다.

"아무리 아파도 사랑해라. 비록 사랑의 보답이 오직 눈물과 한숨뿐일지라도, 그래도 포기하지 말고 끝까지 사랑해라. 사랑의 아픔을 겪고 나서야 너는 아름다운 영혼의 진주를 만들고 네 인생의 아름다운 삶의 시를 쓸 수 있다."

이른 봄 새잎이 돋아나는 것을 보면서
물드는 단풍과 떨어지는 낙엽을 보면서

내리는 흰 눈을 보면서 자연의 섭리를 생각합니다.

태어나고, 살고, 죽는 게 모두 대자연의 섭리입니다.

자연의 섭리에 억지를 부리는 모습은 추해 보입니다.

내 눈과 마음에 담는 사계절이 그걸 분명 말해 줍니다.

남들이 다 하는 사랑이라고 만만하게 볼 게 아니었습니다.

사랑을 해 보니 대충 쉽고 만만하게 볼 게 아니었습니다.

詩가 가진 언어의 온도

> 새순 돋아나듯 사랑은 돋아난다.
> 바람은 있는 듯 없는 듯 놀다 간다.
> 햇살은 화살이 되어 수많은 꽃에 꽂힌다.

어느 날 갑자기 내 사랑이 태어났다. 내 사랑이 처음 눈 떴을 때, 단단한 껍질에 싸여 있던 내 마음이 갑자기 속살을 드러낸 듯 속절없이 진한 아픔과 기쁨을 함께 느낀다. 무채색인 내 세상에 무지개가 뜨듯 생경하면서도 황홀한 느낌이 든다. 잊힌 꿈처럼 나도 희로애락을 느낄 줄 아는 감정이 있었구나 하는 발견에서 오는 새삼 가슴 뻐근한 진한 감동이 찾아온 것이다.

갑자기 이 혼잡하고 미로 같았던 험한 세상에서 남에게 해 안

끼치고 꿋꿋이 살아가는 살아 있는 내 존재가 마냥 기특하고 대견한 생각이 들기도 한다. 이러니 내 사랑이 어찌 아름답지 않을 수 있을까.

이제 내겐 당신이 있다. 내 부족함을 채워 주는 사람, 당신의 사랑이 쓰러지는 나를 언제나 일으켜 세운다. 내게 용기, 위로, 소망을 주는 당신. 내가 나를 버려도 나를 포기하지 않는 당신. 내 전생에 무슨 덕을 쌓았는지 나는 당신과 함께할 자격이 없는데, 지금 내 옆에 당신을 보내주신 신에게 감사한 일이다. 나를 사랑하는 이가 이 세상에 존재한다는 것, 그것이 내 삶의 가장 커다란 힘이다.

사랑을 하면서 비로소 나는 흰 벽으로 둘러싸인 좁은 공간에서 바깥세상으로 나가는 하나의 통로를 발견했다. 나만 홀로 방 안에 남겨둔 채 자꾸자꾸 앞으로 가 버리는 세상에서 내 존재를 확인하는 단 하나의 방편임을 알게 되었다. 이것이 바로 사랑이 가진 가장 큰 힘이다.

사랑은 시간을 필요로 한다. 화려하게 휘리릭 하고 피어나는 꽃 같은 사랑은 잠시 설레게 하고, 들뜨게 하며 잠시 얼굴에 웃음을 가져오게 하지만 그리 오래가지는 못한다. 하지만 오랜 인내와 희생, 기다림을 견디는 사랑은 마음속 깊이 뿌리내리고 마침내 화사한 꽃을 피우고 그 열매를 맺는다. 너무 요란한 사랑, 너무 크고 화려해 보이는 사랑도 진정한 사랑이 아닐는지 모른다. 하루가 다르게 아주 천천히 그리고 조금씩 커져 가는 사랑이야말로 사랑의 진정한 의미와 참맛을 느끼게 한다.

사랑은 분명 저기에 있는데, 내 사랑을 분명 느끼는데 어떻게 말로 표현할 수 없는 것을 우리 대신 다양한 온도로 가진 언어로 표현해 주는 고마운 사람이 시인이다. 너무 뜨겁지도 차갑지도 않은 언어의 온도로 정제된 감정을 집중한다. 그리고 가장 적절한 언어를 고르고 골라 조탁彫琢하여 가장 순수하고 구체적인 이미지와 진실한 언어로 사랑에 빠진 우리 마음을 대신 말해 주는 참으로 고마운 사람이 시인이다. 우리 함께 내 사랑을 알맞은 언어로 온도로 표현하는 시인이 되어 보면 어떨까.

우리에게 정말 운명적인 사랑이 있을까. 우리가 알고 있는 시인들은 아프든 슬프든 지독한 사랑을 느낄 때의 감정을, 마치 자신이 느끼는 것처럼 사랑의 언어로 옮긴다. 자신의 뜨거운 심장으로 내 뜨거운 심장을 대변해 주는 사람이 바로 시인이다. 시인의 생각에 있는 그대로 진실함이 그대로 표현될 때, 우리 삶에 희망이 되고 위로가 되는 참된 시詩가 아닐까. 시인이 노래하는 그런 사랑을 시로만 읽을 수 있는 것이 아니다. 우리도 마음만 먹으면 얼마든지 할 수 있다.

기쁜 날이면 마음이 행복해서
슬픈 날이면 마음이 울적해서
차를 마시며 사랑으로 시를 쓴다.
인생의 하우스에 색깔을 칠하는 사람이다.
시인은 바로 그런 사람이다.
그 시는 적당한 온도로
비바람을 막아 준다.
그런 집에 살고 싶다.

돌아온 그들을 만나다

우리의 사랑은 영원하다.

사랑은 쉽게 시들지 않는다.

누군가를 깊게 사랑한다는 것도

누군가의 깊은 사랑이 되었다는 것도

사랑은 사랑하는 사람의 운명이다.

사랑은 우리 삶의 업보, 카르마다.

영국 록그룹 퀸의 '프레디 머큐리'는 죽기 전, 그를 사랑하는 팬들에게 다음과 같은 마지막 편지를 남긴다.

"나는 무대에서는 늘 외롭지 않았다. 어쩌면 나는 나의 음악보다도 나의 팬들을 사랑했을지도 모른다. 지금 혼자 병마와 싸우고 있는 나의 몰골은 점점 더 왜소해지고 흉해져 간다. 지금 소원이 있다면 팬들은 제발 나의 마지막 죽어 가는 모습이 아닌, 나의 음악에 대한 열정을 기억해 줬으면 한다. 언제 떠날지는 모르지만 죽기 전까지 노래하고 싶다. 사랑하는 나의 팬들을 위해서."

작년 11월 24일, 7~80년대를 풍미했던 영국 록그룹 퀸의 전설적인 보컬 프레디 머큐리가 숨진 지 27주기가 되는 날이었다. 때맞춰 극장가에서는 퀸의 음악 세계를 담은 영화가 흥행 열풍을 일으키고 있었다. 그 열기를 견디다 못해 영화 〈보헤미안 랩소디〉를 아이맥스 스크린을 통해 관람했다. 마치 실제 콘서트 현장에 있는 듯한 기분이 들 정도로 생생한 분위기와 현장감을 담은 공연 장면의 열기가 아이맥스 스크린을 통해서 더욱 극대화되는 느낌이 들었다.

이 영화는 음악의 꿈을 키우며 공항에서 인부로 일하다가 전설의 록 밴드가 된 프레디 머큐리와 퀸의 독창적인 음악과 화려한 무대, 그리고 그들의 진짜 이야기를 담은 음악 영화이다. 가족과 사랑, 우정과 진심 등을 담았다. 어쩌면 죽은 뒤에도 다시 꼭 보고픈 영화다.

어느 정도 예상은 했지만 놀랐던 것은 대표적인 음악 영화 흥행작인 〈라라랜드〉와 〈비긴 어게인〉을 훌쩍 뛰어넘었고, 영화를 보며 노래를 따라 부르는 '싱어롱'상영관에서는 평일에도 거의 매일 매진 속에 영화 관객들은 마음껏 박수도 치고, 소리와 환호성도 지르며 떼창이 이어졌던 영화. 영화의 감동적인 부분에서는 관객의 울음까지 몰고 온 영화. 더욱 놀라운 것은 관객의 반 이상은 7~80년대 퀸을 추억하는 퀸을 추억하는 4~50대가 아닌 2~30대 젊은 관객이었던 점이다.

이 영화는 '퀸'의 명곡과 더불어 메인 보컬 프레디 머큐리의 화려한 무대를 아이맥스 스크린으로 완벽하게 담아냈다. 영화 내내 퀸의 라이브공연을 보고 있는 것 같은 착각이 들 정도로 영상과 음악의 조화가 잘 이루어진 영화이다. 영화의 하이라이트는 마지막 장면의 라이브 에이드 공연이다. 라이브 에이드에서 퀸의 모든 것을 보여 주고 영화를 마무리한다.

그렇다면 무엇이, 어떤 점이 특히 젊은이들의 열광적인 반응을 몰고 오는가. 이 영화가 신드롬을 불러일으킨 것은 우선 노랫말이 너무 좋다. '너 열심히 했어. 어떤 어려움도 극복하고 너 자신을 믿으면서 앞으로 나아가자.' 등. 이런 응원을, 용기를 북돋워 주는 노래. 이민자이면서 성 소수자였던 아웃사이더, 프레디 머큐리의 드라마틱한 삶에 어디선가 들어 본 듯한 낯익은 멜로디, 귀에 쏙쏙 들어오는 노랫말이 퀸과 다른 시대를 사는 오늘날 젊은이들의 감성까지 자극했다.

영화 〈보헤미안 랩소디〉가 흥행하고 있는 것도 우리 사회의 어떤 현상들을 좀 담보하고 있거나 어떤 현실을 보여 주고 있는 대목이다. 그리고 프레디 머큐리가 갖고 있는 인간 승리의 어떤 신파적인 구조, 아마 그런 측면의 요소를 영화 〈보헤미안 랩소디〉가 분명 갖고 있었다.

앞서 말한 영화 관객의 대부분을 2~30대가 주도하고 있다는 것은 이 영화를 통해서 2~30대가 진심으로 하고 싶은 얘기가 있다는 것이다. 도무지 앞이 안 보이는 절망적인 현 상황에서 뭔가 더 희망적인 것을 찾고 있다는 반증이 아닐까. 가령 〈보헤미안 랩소디〉의 가사 내용을 보면 '나는 더 이상 어떻게 할 수가 없어. 나는 죽고 싶지 않아.'라는 얘기를 담고 있다. 바로 영화 속에서 프레디 머큐리가 죽어 가고 있는 상황이다. 여기서 특히 젊은 관객들이 그의 모습에 자기 동일화하며 마침내 영화와 하나가 된다.

마지막 공연 장면을 현실성 있게 재연해 내는 부분은 진정 압권이다. 공연 실황을 이미 다 본 사람들은 미쳐서 볼 수 있을 것이며, 그 공연을 보지 못한 사람들도 영화가 끝나고 집에 가는 길에 한 번쯤 유튜브에서 검색해서 볼 수 있을 정도로 흡입력 있게 뽑아냈다.

퀸을 모르는 관객들에게도 꽤나 친절한 영화다. 퀸의 일대기를 소개하는 다큐멘터리 느낌을 주면서도, 퀸의 유명곡 한 곡 한 곡의 비하인드를 알고 들으면 더 좋다는 친절한 평론 영상을 보는 느낌마저 든다. 더욱이 존 디콘이 완벽하게 필요한 역할을 해내는 베이스, 로저 테일러의 '나는 드러머지만 노래도 하고 싶고, 잘할 수 있다'고 외치는 그만의 사운드, 거기에 누구든 인정할 수밖에 없는 프레디 머큐리의 보컬이 입혀지면 사실 그냥 끝이다. 그 특유의 2옥타브 F에서 B까지의 두꺼운 소리와 강한 힘에 전달력, 호소력까지 대체 불가다.

퀸의 비하인드 스토리까지 전부 다 아는 편은 아니지만, 여러 개의 실화를 기반으로 말하고 싶은 스토리를 무리 없이 과하지 않게, 그러나 명확하게 잘 녹여 냈다고 생각한다.

이 세상 모든 노래는 카피가 가능하다.

퀸의 노래만큼은 카피가 전혀 불가능하다.

프레디 머큐리의 가창력 때문에 카피가 불가능하다.

"I won't be a rock star. I will be a legend."

나는 록스타가 되지 않을 것이다. 전설이 될 것이다.

이 영화로 퀸과 프레디 머큐리가 전설로 남았으면.

프레디의 당당함, 자기를 사랑하고 자신 있게 사는 모습들.

이 세상 모든 젊은이들에게 꿈과 사랑,

희망을 던져 주는 메시지가 되었으면.

프레디, 그가 마냥 그립다.

그는 분명 우리에게 전설이었다.

얼마간 사랑을 그리워하다

이미 흘러가 버린 나날들에 대한 회한 때문에
그리움 때문에 우리는 노래를 부르고 시를 읊는다.
또 때로는 아무도 모르는 시간 때문에 눈물을 흘린다.

"남들도 모르게 서성이다 울었지 / 지나온 일들이 가슴에 사무쳐 / 텅 빈 하늘 밑 불빛들 켜져 가면 / 옛사랑 그 이름 아껴 불러 보네 / 찬바람 불어와 옷깃을 여미우다 / 후회가 또 화가 나 눈물이 흐르네 / 누가 물어도 아플 것 같지 않던 / 지나온 내 모습 모두 거짓인가 이제 그리운 것은 그리운 대로 내 맘에 둘 거야 / 그대 생각이 나면 생각난 대로 내버려 두듯이 / 흰 눈 내리면 들판에 서성이다 / 옛사랑 생각에 그 길 찾아가지 / 광화문거리 흰 눈에 덮여 가고 /

하얀 눈 하늘 높이 자꾸 올라가네……"

앞의 노랫말은 가수 이문세의 노래 〈옛사랑〉의 일부이다. 살면서 그 사연이 적든 많든 옛사랑에 대한 추억이 없는 사람이 있으랴. 이제는 돌이킬 수 없는 아름다운 과거는 안타깝고 슬프기만 하다. 그리고 후회한다. 그때 이렇게 했더라면, 아니 저렇게 했더라면 결코 내 사랑은 떠나지 않았을 텐데 하고. 앞의 노랫말을 찬찬히 들어 보면 지금 숨 쉬며 살고 있는 삶 속에서도 죽음을 맛보며 시를 쓰고 노래한다.

영국의 시인 앨프래드 테니슨 경은 그의 시에서 "사랑하다 잃은 것이 아예 사랑하지 않은 것보다 낫다."고 말한다. 다시 말해서 다시 지난 시절로 돌아갈 수 없어, 돌이킬 수 없어 슬퍼도, 또 잡을 수 없어 안타까워도 사랑의 추억은 아름답다고 말이다. 설령 사랑하는 이로부터 버림받았다 할지라도 사랑하지 않은 것보다 사랑한 것이 낫듯이, 후회로만 가득 찬 우리의 삶이지만 그래도 이 세상에 태어나서 살아 본 것이 살아 보지 않은 것보다 훨씬 낫다는 생각을 한다. 앞의 시인 앨프래드 테니슨 경은 옛사랑을 이렇게 노래했다.

"눈물이, 덧없는 눈물이, 까닭 없이 / 거룩한 절망의 심연으로부터 / 가슴으로 올라와 눈에 고이네. / 행복한 가을 들판 바라보며 / 가 버린 나날들을 생각하네. // 죽은 뒤 생각나는 키스처럼 다정하고 / 다른 이를 기다리는 입술에 허망하게 보내는 / 상상 속의 키스처럼 감미로워라. 사랑처럼. / 첫사랑처럼 깊고 오만 가지 회한으로 소용돌이치는 / 아, 삶 속의 죽음이여, 가 버린 날들이여!"

정말 죽을 것 같은 이 사랑이란 것의 정체는 우리에게 도대체 무엇일까? 사랑은 모든 것을 덮어 주고 모든 것을 믿고 모든 것을 바라고 모든 것을 견디어 내는 마음이다. 사우리가 사는 이 세상에 사랑이 있는 한, 이 세상은 그래도 살아갈 만한 곳이 된다. 사랑이 있기 때문이다.

사랑은
우주를 움직이는 위대한 생명의 에너지,
생명의 영혼이다.

사랑이 흔하고 가볍다

사랑에 눈뜬다는 것은 신의 축복이다.

소유하고자 하는 것은 사랑이 아니다.

침묵하고 참는 사랑은 깊고 아름답다.

이 세상에 사랑이 너무 많다. 너무 많고 흔해서 이러다 귀하고 소중하게 여기지 않으면 어쩌나 하며 걱정할 때가 있다. 그런데 사랑이 많은 곳은 너무 많아 흘러넘치고, 없는 곳은 너무 없다는 생각이 들 때도 있다.

사람들은 태어날 때 저마다 운명처럼 사랑 바구니를 하나씩 가지고 있다. 그 바구니가 넘치도록 많은 사랑을 받으면 자신도 모르게 자꾸자꾸 사랑 바구니를 넓혀 가며 사랑받는 것을 너무나 당연히 여기고 받을 줄만 안다. 대신 그 사랑을 베풀 줄을 모르는 사람이 되어 간다. 반면에 사랑을 너무 못 받으면 가지고 있던 사랑 바구니는 점점 오그라들고 작아져 스스로 사랑 바구니를 아예 치워 버릴지도 모른다. 그러면서 사랑을 영원히 받지도 하지도 못하는 사람이 시나브로 되어 간다.

존 던이라는 시인은 자신을 두 가지 바보라고 말했다. 사랑하기 때문에, 그리고 사랑한다고 말을 하기 때문에. 똑똑한 사람은 아파할 사랑을 하지 않고, 사랑한다 해도 마음속에만 꼭꼭 숨겨 놓고 결코 사랑한다고 쉽게 말하지 않는다는 것이다. 실제 우리가 사는 이 세상에는 똑똑한 사람이 너무 많은 것 같다. 그러나 사랑도 계산하는 똑똑한 사람보다는 둘이 함께 하나 되는 사랑을 하고, 언제나 사랑한다는 말을 아끼지 않는 바보가 되어 보면 어떨까.

얼마 전, 스승의 날에 졸업한 제자가 예고 없이 찾아왔다. 카네이션 꽃과 편지글을 주는 그의 얼굴에서 행복함이 내게도 찌릿한 전기처럼 전율이 되어 전해져 왔다.

  "참다운 사랑이란, 상처받은 사람이 극심한 고통 속에서도

분비 작용을 하고 잉태하여 또 다른 사랑을 만들고 찾아가는 일이라고 선생님께 배웠습니다. 앞으로 그런 마음으로 세상을 살아가는 제자가 되겠습니다. 선생님이 손 내밀어 주지 않았으면 저만의 세계, 제 어둠 속에 갇혀서 아마 세상 밖으로 나오지 못했을 겁니다."

내가 언제 그렇게 가르쳤는지 얼른 기억이 나지 않는다. 한동안 사랑을 잊고 살았던 탓일까. 우리가 살고 있는 세상은 사랑을 받기만 하는 사람, 사랑을 주기만 하는 사람으로 나누어지는 것일까. 아마 두 부류로 나누어지는 것은 결코 바람직한 일이 아니다. 우리네 사람살이가 끝없이 이어지는 고리이고 돌고도는 이 지구 같은 것이 아닐까.

살다 보면 때로는 내가 가진 사랑을 한없이 나누어 주어야 하고, 때로는 단 한 점의 사랑이 아쉽고 필요할 때가 있기 마련이다. 아무리 물질적인 것을 다 소유해도 사랑만큼은 돈으로, 권력의 힘으로 맘대로 소유할 수는 없다.

돈으로, 물질과 권력으로 얻은 사랑,

설령 소유한다고 해도 진정한 사랑은 아니다.

우리가 매우 조심스럽게 말하는 사랑이 아니다.

그런 사랑은 너무 흔하고 흔한 싸구려 사랑이다.

아름다운 동행이 사랑이다

사랑 하나를 얻으려면 다른 사랑 하나를 놓아야만 한다.
사랑 하나를 손에 쥐고 있으면서 다른 사랑을 쥐려 한다면
어느 날 갑자기 그 사랑 두 개를 한꺼번에 모두 잃게 된다.

법정 스님의 말을 빌리면, 사람들의 소유 관념이 때로는 사람들의 눈을 멀게 한다. 사람들의 사랑에의 소유욕은 끝이 없다. 그래서 자기의 분수까지도 돌볼 새 없이 넘친다. 인간의 소유욕은 사랑도 마찬가지이고 예외가 없다.

처음에는 그저 말만 걸어 볼 수만 있다면 더 이상 바랄 것이 없다는 마음이다. 그러다가 막상 어렵사리 가까워지고 친하게 교제하는 사이가 되면 이제는 그걸로 성에 차질 않는다. 마침

내 그 사람의 모든 걸 정신적으로 육체적으로 소유하려 든다. 그러고는 그것이 사랑이라고 착각한다. 스스로에게 최면을 걸어 위안한다.

무엇보다 상대방을 있는 그대로 봐 주지 못한다. 자꾸만 자기 것으로 몸과 마음을 자꾸만 소유하려고 하는 데서 문제가 생기고 탈이 난다. 상대가 제 뜻대로 되지 않을 경우에는 극단적으로 끔찍한 비극도 불사하기도 한다. 혼자 이 세상의 사랑을 혼자 다하는 것처럼 시위하는 꼴이다. 이처럼 가짜 사랑은 스스로의 마음과 정신 상태도 온전하지 못하면서 상대를 일방적으로 소유하려 든다.

살면서 어떻게 하면 더 풍요한 나를 만들 수 있을까? 이 풍요는 '소유하는' 것만이 아니다. 김난도 교수의 말처럼 나 자신이 '풍요로워지는' 것이다. 소유물은 언제든지 잃어버릴 수 있지만, 경험은 내 존재의 일부가 되기 때문에 어느 누구도 빼앗지 못한다. 많이 체험하고 배우면서 성장해 나가는 것, 그것이 바로 진정한 우리 삶의 진정한 풍요다.

이 시대의 석학들이 외치는 바야흐로 '공존'의 시대다. 그런데 단순히 물질적인 생산은 물건의 양을 늘리고 사람들의 '공유'는 그 접근을 늘리는 것이었다면, 이 공존은 소외된 사람을 줄이는 것이 가장 중요하다. 우리는 이제 생산의 시대를 지나 이미 공유의 시대에 도달했다. 이제 우리가 힘써 도달해야 하는 고지는 공존의 시대다. 앞으로의 시대는 공존이 더 나은 미래의 궁극적인 모습이라고 믿기에 근본적으로 소유의 관념에서 벗어나야만 한다.

가장 이상적인 세상은 사랑하는 사람들이 마음을 공유하고 공존하는 공동체의 모습이다.

우리 사는 세상은
혼자가 아닌 함께하는
아름다운 동행同行이다.
그 동행은 바로 사랑이다.

우리에게 그들은 사랑이다

먼 옛날 페르시아의 왕이 신하들에게 명령했다.

슬플 때는 기쁘게, 외로울 때는 즐겁게 하는 물건을 찾아오라고.

신하들은 온 세상을 빈손으로 돌아왔다.

대신 노래를 왕에게 바쳤다.

처음엔 크게 노하고 역정을 냈던 왕이, 그러다

신하들에게 갑자기 큰 상을 내리고 치하했다.

"눈꽃이 떨어져요. 또 조금씩 멀어져요. 보고 싶다. 보고 싶다." 그룹 BTS방탄소년단가 앨범 '맵 오브 더 솔 : 페르소나 MAP OF THE SOUL : PERSONA'로 영국 기네스 월드레코드 3개 부문에서 신기록을 세웠다. 새 앨범은 발매 일주일 만에 판매량 213만 장을 돌파하고 '빌보드 200'에서 1위를 기록하는 등 정말 놀랄 만한 세계적인 인기를 얻고 있어 화제다. 더욱이 BTS는 영국 런던 웸블리 스타디움에서 공연한 첫 한국 그룹이라는 역사를 만들어 냈다. 웸블리 공연을 통해 케이팝이 명실공히 세계 팝 음악시장의 주류에 올라섰음을 보여 주는 또 하나의 상징으로 바라보는 분위기다.

작년 10월 10일, 한글날이 하루 지난 영국 현지 시간 오후 런던 오투 아레나. 피부색도, 국적도, 연령대도 제각각 다르지만 2만여 명에 달하는 외국인들의 입에서 너무나 자연스럽게 한국어 노랫말이 흘러나왔다. 그동안 콜드플레이, 마돈나, 비욘세, 아델, 에드 시런 등 글로벌 톱스타들이 거쳐 간 오투 아레나지만 이곳의 직원들은 이전 공연에서 찾아보기 힘들었던 '떼창'에, 그것도 한국어 '떼창'에 많은 사람들이 매우 놀란 듯한 모습이었다.

방탄소년단의 러브 유어셀프 시리즈가 '나 자신을 사랑하는 것이 진정한 사랑의 시작이라는 메시지를 담은'내용이라면, 연작의 문을 연 새 앨범 페르소나는 '너에 대해 알고 싶다'는 내용을 담고 있다.

한국 최초, 그리고 최고라는 수식어가 붙는 한국의 세계적인 그룹 BTS의 새 앨범 타이틀 곡 〈작은 것들을 위한 시〉가 발표되고 유튜브에서 사상 최단 시간에 1억 조회 수를 돌파했다는 소식도 들려왔다. 처음 '러브 유어셀프Love Yourself'유럽투어의 첫 무대인 런던을 찾은 것은 다름 아닌 '아미팬클럽'들이었다.

BTS의 노래 중에서도 특히 서정적 멜로디와 아름다운 가사를 자랑하는 〈봄날〉을 '떼창'하는 영국 및 유럽 각지 팬들의 모습은 보는 이로 하여금 색다른 문화적 충격이었다. 오후부터 공연장 인근에서 인산인해를 이루던 이들은 오후 5시부터 입장이 허용되자 서둘러 자리를 잡고 본격적인 축제를 즐겼다. 오후 8시 공연 시작 전까지 3시간이란 대기 시간도 이들에게는 1분 1초가 아까운 순간이었다.

영국 런던 밤하늘 날려 버린 '한국어 떼창'방탄소년단의 유럽투어는 대단히 성공적으로 그 첫발을 내디뎠다. 이후 그들의 무대는 가는 곳마다 가히 대폭발이다. BTS, 이제 그들이 어디까지 날아오를지 전 세계인들이 그들을 주목하고 있다.

비틀스의 고향 영국 리버풀에 가면 거리 돌벤치에 여인의 동상이 앉아 있다. 남루한 옷차림의 여인은 곁에 날아온 참새에게 빵 조각을 건네며 외로움을 자신의 달랜다. 여인은 비틀스 명곡 〈엘리너 리그비〉의 주인공. 명지휘자 레너드 번스타인이 "바흐, 브람스, 모차르트에 못지않다."고 예찬했던 바로 그 노래다. 비틀스는 쓸쓸하게 세상을 떠난 리버풀 어느 여인, 엘리너 리그비를 위로하며 마음으로 노래한다.

"세상 모든 외로운 사람들은 다들 어디서 오는 것일까요."

미국 CNN 방송은 홈페이지 인터내셔널 판 톱기사로 BTS 특집기사를 실어 우리의 눈길을 끌었다. 1960년대를 뒤흔든 엄청난 비틀스 열풍 또는 팬을 뜻하는 '비틀마니아'에 빗대어 BTS 열풍에 주목했다. 1964년 2월 비틀스라 불리는 영국 보이밴드가 미국 에드 설리번 극장에서 데뷔한 후, 비틀마니아가 미국을 사로잡았다며 그로부터 55년이 지난 2019년 5월, 또 다른 외국 밴드인 한국의 BTS방탄소년단가 같은 장소에서 역사적인 대단한 공연을 펼쳤다고 전했다.

오늘 한나절은 가을비가 뿌리더니 천지가 별안간 스산해졌다. 이 쓸쓸함과 외로움은 하늘에서 비를 타고 내려오는 것일까.

신산하기만 한 우리네 삶이 서러워지며 따끈한 모과차 한 잔이 생각나는 밤이다. 누군가는 '가을은 여름이 타다 남은 재'라고 했던가. 작년 여름 유별나고 혹독하던 폭염이 물러가자마자 가을은 유난히 서둘러 찾아왔다.

어느새 벌써 떠날 채비를 하고 있다. 그러고 나면 이제 하루 이틀 더 비가 오고 나면 초겨울 추위가 밀려올 것이다. 문득 왔다 쏜살같이 달아나는 가을의 옷자락을 잡으려면 이 가을에는 주말마다 나들이라도 해야 할 것 같다. 양평 세미원, 창덕궁 후원, 한강 선유도공원, 서울숲, 양재동 시민의 숲, 인천대공원 느티나무길, 광릉수목원 등등. 굳이 먼 길 나서지 않아도 서울 인근 안팎 여기저기에 단풍이 무르익고 연인들처럼 불타고 있으니까.

일찍이 이미 미당 서정주 시인은 절창 「푸르른 날」에서 "초록이 지쳐 단풍이 든다."고 노래했다. 그리고 가을에는 "그리운 사람을 그리워하자."고 했다. 봄이 가고, 여름이 오고, 가을이 가고, 그렇게 다시 겨울이 오는…. 그렇게 그렇게 우리 삶도, 불타오르던 사랑도 언젠가는 스러진다. 그러기에 살아 있는 오늘, 오늘이 소중하다.

비 오고 바람 부는 가을 끝자락이다. 이제는 마음 놓고 거리낌 없이 그리운 이를 그리워하며 사랑하자. 그리고 노래 부르자. 그 외로움을 뿌리치기 위해서라도 사랑하자.

우리 곁에는 지금 BTS가 있어 외롭지 않다.

그들과 다 함께 하는 떼창이 있어 더 외롭지 않다.

우리에게 그들은 행복이다. 꿈이다.

사랑이다. 다시 찾은 사랑이다.

행복한 가난을 꿈꾸다

우리는 가난을 좋아하지 않는다.

그리고 가난을 사랑하지도 않는다.

그렇다고 가난을 좋아하지도 사랑하지도 않는

사람을 우리는 더더욱 사랑하지 않는다.

먹을 만큼 살게 되면 대부분 지난날의 가난을 쉽게 잊어버리는 것이 사람의 마음인가 봅니다. 예나 지금이나 가난은 결코 환영할 것이 못됩니다. 어쩌면 눈물겨운 그 가난을 되도록 빨리 잊을수록 좋은 것일지도 모릅니다. 그러나 오늘날처럼 삶이 풍족하지 못 하고 가난하고 어려웠던 그 시절에도 오히려 아침 이슬같이 반짝이는 아름다운 사랑이 있었습니다.

그들은 가난한 신혼 부부였다. 보통의 경우라면, 남편이 직장으로 나가고 아내는 집에서 살림을 하겠지만, 그들은 반대였다. 남편은 실직으로 집 안에 있고, 아내는 집에서 가까운 어느 회사에 다니고 있었다. 어느 날 아침, 쌀이 떨어져서 아내는 아침을 굶고 출근했다.

"어떻게든지 변통을 해서 점심을 지어 놓을 테니, 그때까지만 참으오."

출근하는 아내에게 남편은 이렇게 말했다. 마침내 점심시간이 되어서 아내가 집에 돌아와 보니, 남편은 보이지 않고, 방 안에는 신문지로 덮인 밥상이 놓여 있었다. 아내는 조용히 신문지를 걷었다. 따뜻한 밥 한 그릇과 간장 한 종지……. 쌀은 어떻게 구했지만, 찬까지는 마련할 수 없었던 모양이다. 아내는 수저를 들려고 하다가 문득 상 위에 놓인 쪽지를 보았다.

"왕후王侯의 밥, 걸인乞人의 찬……. 이걸로 우선 시장기만 속여 두오."

낯익은 남편의 글씨였다. 순간, 아내는 눈물이 핑 돌았다. 왕후가 된 것보다도 행복했다. 만금을 주고도 살 수 없는 행복감에 가슴이 부풀었다.

앞에서 인용한 김소운金素雲 선생의 수필『가난한 날의 행복』에 나오는 어느 가난한 부부의 이야기는 요즘 같은 세상에서는 상상하기조차 어렵습니다. 이제는 그 옛날 호랑이 담배 피던 시절의 이야기라고 치부하는 사람도 있겠지만, 이 글을 읽는 우리들에게 읽을 때마다 새로운 느낌과 감동을 안겨다 주는 실화입니다. 비록 가난한 부부지만 그 가난을 슬기롭게 사랑으로 극복하고 있습니다. 비록 가난하지만 그 사는 모습이 참으로 아름답습니다.

이 부부의 가난이 외려 부부 관계를 더욱 단단하게 지탱해 주고 있습니다. 살면서 가난을 뼈저리게 경험한 사람일수록 설령 생활 형편이 더 나아진다고 하더라도 지난날의 가난은 잊지 않는 게 좋겠습니다. 행복은 반드시 경제적 윤택함과 일치하지 않습니다.

가난 속에 빛나던 사랑만은 우리가 살면서

평생 영원히 잊지 말아야 할 마음이 아닐까요.

그래서 우리는 오늘도 행복한 가난을 꿈꿉니다.

어울림과 빚어냄

사람 사는 맛이 유독 느껴지는 동네.

알면 알수록 새로운 이야기들이 샘솟는 동네.

매일 어울림으로 빚어낸 사랑으로 살아가는 동네.

지나는 골목 구석구석 맛집과 카페들이 가득해 젊은 청춘들의
발걸음이 끊이지 않는 동네, 주택가 사이사이 이 동네를 지키
고 있는 사람들과 이곳을 제2의 고향으로 삼은 사람들을 동시
에 품고 있는 동네인 서울 연남, 연희동. 주말을 이용하여 직
접 찾아갔다.

그 옛날 서울과 신의주를 잇는 철도였던 경의선. 일제강점기
때 부설된 철로. 한국전쟁을 거치며 운행이 중단되어 서서히

역사의 뒤안길로 사라졌다. 오랜 시간 폐로로 남아 있던 그 자리에 새롭게 숲길 공원이 조성됐다. 숲길 공원의 모습이 마치 뉴욕의 '센트럴 파크'와 닮았다 해서 '연트럴 파크'라는 별명을 얻었다. 이후 숲길 주변으로 맛집과 카페들이 모여들며 상권이 형성돼 빠르게 발달했다.

지금은 서울에서 손꼽히는 숲길이지만 한편으로는 오랜 역사를 고스란히 간직하고 있는 길. 경의선 숲길을 따라 동네를 이루고 있었다. 예전에는 조용한 주택단지였으나 골목 곳곳에 품을 내준 동네. 청춘들의 마음을 사로잡는 예쁜 포토존이 조성되어 있는 골목이 있는가 하면, 개성 있는 인테리어나 시그니처 메뉴로 사람들의 마음을 잡아끄는 식당과 카페들이 즐비하다.

특별한 방앗간도 만날 수 있다. 동네에서 가장 오래된 주택을 개조한 방앗간. 1970년대 2층 양옥집을 개조해 현재 방앗간 겸 카페로 운영 중이다. 이곳을 운영하는 참기름 소믈리에는 전국을 돌아다니며 착유한 참기름과 참기름으로 만든 참깨라떼를 팔고 있다. 나도 카메라 속의 주인공이 되어 방앗간 한 곳에 앉아 오래된 주택의 멋과 참깨라떼의 고소한 맛을 음미해 본 것도 소소한 행복이었다.

이 동네에 있는 그리 크지 않은 작은 중국집이 눈에 들어온다. 장인어른이 운영하던 중식당을 물려받아 2대째 운영하고 있다. 화려한 중국집들 사이 이 작은 중국집이 명맥을 유지할 수 있는 비결은 바로 식당 사장님의 정성 어린 손맛과 음식에 대한 굳건한 철학에 있다. 이 중국집의 대표 메뉴는 바로 탕수육과 군만두. 단가가 높더라도 좋은 재료를 쓰고, 처음부터 끝까지 직접 손으로 만들어야 최상의 맛이 나온다는 식당 사장님의 신념은 음식에 고스란히 묻어 나온다. 항상 한결같은 맛으로 음식을 만드는 이곳은 동네 주민들이 가장 사랑하는 중국집으로 손꼽힌다.

동네에 자리 잡은 주택들, 높은 담장들이 가득한 집들 사이에 '음악감상실'이라 적힌 LP판이 내 발걸음을 멈추게 한다. 이곳은 1974년부터 이 동네에 집을 짓고 살기 시작한 이 동네 토박이가 거주하는 집. 어릴 적 친구네 집에 놀러가 함께 놀고, 추억을 나누던 시절이 그리워 집의 대문도, 마음의 문도 활짝 열었다. 낯선 사람들을 집으로 초대해 취향을 공유하는 특별한 프로젝트다. 다행히 대문 너머 주택으로 들어가게 되어 LP판이 가득한 거실에 방문객들이 모여 앉아 추억이 담긴 음악을 감상하며 잠시 행복에 빠져 보았다.

발길 따라 걷다 보면, 한자리에서만 무려 40년, 어머니에게서 딸로 그리고 손자에게로 3대째 이어져 온 떡집의 '노란 콩고물 떡'은 이미 동네 주민들 사이에서 명성이 자자한 명물이다. 메주콩을 7번이나 간 후, 다시 채를 쳐서 나온 고운 가루로 만든 이 떡은 돌아가신 친정어머니가 시행착오 끝에 만들어 냈다. 입에 넣으면 떡 같지 않고 식감이 폭신폭신해서 '카스텔라 떡'이란 별명도 얻은 노란 콩고물 떡. 손이 많이 가는 까다로운 떡인데도 어머니와 아들은 매일 새벽같이 나와 지금까지 우직하게 만들어 왔다. 이곳에서 떡에 담겨 있는 40년의 세월을 들어 보는 것도 한 편의 소설이 아닐까.

길을 걷다가 골목 자락에 자리한 작은 미용실도 만난다. 머리하는 손님보다 놀러온 손님이 더 많은 이 동네의 사랑방이다. 오래전 남편과 자식들로 북적이던 큰 집이 모두 떠나고 홀로 살게 된 할머니들이 하나둘씩 미용실로 찾아오기 시작한 것은 미용실 원장님의 푸근한 인심 때문이라고. 커트 비용 4천 원 받고 미용실 원장님은 할머니들께 맛있는 밥도 내어주고 따뜻한 아랫목도 내어준다.

할머니들이 건강하게 밥 잘 먹는 모습을 보는 게 제일 행복하다는 미용실 원장님. 막둥이로 태어나 늘 노인들을 잘 보필해야 한다는 어머니의 가르침에 따라 원장님은 매일 갓 지은 밥과 맛있는 반찬들로 한 상을 뚝딱 차려 내온다. 이곳에 옹기종기 모여 노는 게 제일 좋고 행복하다는 이 동네 할머니들, 머리에 헤어롤을 잔뜩 말고 행복해하는 어르신들의 모습을 보며 왠지 모를 따뜻한 온기를 느끼는 것은 유독 나만 그럴까 싶다.

각박한 세상, 그것도 서울 하늘 아래에서 보기 드문 동네다.
어울림과 빚어냄이 공존하는 아름다운 동네의 세상살이를 만났다.
영원히 시들지 않을 꽃 같은 이웃 사람을 만났다.
웃음과 행복이 끊이지 않을 이웃 사랑을 만났다.

세상에서 가장 아름다운 꽃

어떤 사람은 대화에 서투르고
어떤 사람은 화해에 서투르다.
어떤 사람은 사랑에 서투르고
어떤 사람은 이별에 서투르다.
누구나 서툴고 모두가 서툴다.

"목마른 기다림의 꽃밭에서 애태우다 / 마른 겨울바람 같은 입술로 / 잠시 넋 놓고 꽃잎에 입맞춤하였네. / 아쉬운 작별의 시간을 앞두고 / 그저 빈손으로 재를 넘어오면서 / 돌아서서 금방 그댈 그리워했네. / 아, 지금은 함께할 수 없는 그대여 / 지금 잠 못 드는 이 밤이 새도록 / 오로지 그리움 하나로 견디는 / 나 홀로 푸른 별빛 실타래를 푸는데

／ 저 멀리 어디선가 포성이 들리고 ／ 그대 숨죽이고 엎드린
재 너머로 ／ 어디선가 유성 하나가 꼬리를 남기며 ／ 하염없
는 내 눈물처럼 떨어지고 있네.

네 작은아버지 것이다. 참 오래도 되었다. 예전에 네 작은
아버지가 갑작스레 군엘 가기 전 써 놓은 글들인데, 두고
간 것을 버리기도 그렇고 또 돌려주자니 옛 생각에 괴로워
할까 봐 여태껏 돌려주지도 못 하고 있다. ……. 재 너머
이웃 마을에 있는 처자와 네 작은아버지는 서로 재를 넘나
들며 좋아하는 사이였지. 그 처자는 대대로 집안도 좋았지
만 내가 봐도 기가 막히게 이뻤지. 게다가 맘도 어찌나 이
쁜지 인근 동네에 그 소문이 자자했지……."

어느 해인가 대학 시절 방학을 이용해 고향을 찾았을 때, 아버
지는 어두운 형광 불빛 아래서 누렇게 빛바랜 일기장 한 권을
펼쳐 보고 계셨다. 아버지 말씀에 따르면 갑자기 6·25전쟁이
발발하는 바람에 당시 대학에 다니던 작은아버지는 약관의 젊
은 나이로 자원입대를 했다. 그런데 이웃 마을에는 부모들끼리
도 장래를 약속한 정혼녀가 있었다. 모두가 전쟁이 금방 끝이
날 줄을 알았기에 작은아버지는 곧바로 입대하였다.

그런데 엉뚱한 사달이 났다. 남쪽으로 내려가는 피난길에 떨어진 포탄에 정혼녀 일가족이 모두 죽는, 차마 상상도 못할 끔찍한 일이 일어나고 말았다. 이후 작은아버지는 그만 잊고 혼인하라는 부모 같은 형인 아버지의 끈질기고 기나긴 설득에도 끝내 결혼하지 않고 일평생 혼자 사셨다.

작은아버지의 일기장에는 두 사람이 주고받은 가슴이 저미고 심금을 울리는 애절하고 다사로운 시와 글이 가득했다. 전쟁이 끝나고 작은아버지는 군 제대도 얼마든지 가능했지만, 정혼녀에 대한 생각을 떨치기 위해서인지 직업 군인의 길을 택했다. 그리고 십여 전, 아버지는 돌아가시기 전에 내게 신신당부하셨다. 당신이 죽고 나면 한국전쟁 중 총탄에 맞아 다리가 몹시 불편한 네 작은아버지를 나처럼 여기고 정성을 다해 모시라고. 그리고 돌아가신 후에는 작은아버지를 국립현충원엘 모실 수 있다는 말씀도 하셨다.

작은아버지는 평생을 지휘관으로 군 생활을 했다. 그 가운데 군 작전 중 사고로 여러 부하 장병이 순직했을 때는 마치 자식을 잃은 것처럼 그토록 슬퍼하시며 그 유해를 직접 현충원에 안장했다. 가장 아끼던 부하 지휘관이 탱크와 보병 합동훈련인 철야 행군 중에 피로에 지친 병사가 탱크 바퀴 밑으로 깔리는 것을 밀쳐내고 대신 순직한 이야기는 조카인 내게도 눈물로 들려주었다.

당시 어렸던 나는 지금도 그 일을 생생히 기억하고 있었다. 작은아버지에게 현충원은 마치 자식을 가슴에 묻은 곳이나 다름이 없었다. 그래서인지 당신도 나중에 그 자식 옆에 묻히고 싶다는 이야기를 기회 있을 때마다 형인 아버지 앞에서 종종 말했다.

한평생을 군에서만 보낸 작은아버지는 슬하에 자식이 없으셨다. 그러다 보니 조카인 내가 자식 노릇을 자연히 하게 되었다. 작은아버지는 젊은 시절 한국전쟁을 몸소 겪으셨고, 군 예편 후에는 서울현충원 인근 동네에서 사셨다. 그리고 현충원 방문이 삶의 유일한 낙이었다. 아마도 당신의 삶을 온통 흔들어 놓았던 전쟁의 상흔을 이곳에서 확인하고 그 위안을 받으시려는 것 같았다. 그러한 작은아버지의 모습을 통해서 내 자신이 미처 알지 못했던 어떤 사연과 비밀을 알 수 있지 않을까 하는 작은 기대감도 얼마간 있었다.

작은아버지의 삶에 있어서 한국전쟁은 여전히 진행 중인 큰 아픔이었다. 가까운 살붙이 피붙이 하나 없이 평생을 군에서 보냈던 작은아버지, 그 동생의 일생을 지켜본 아버지는 마지막까지 편히 눈을 감지 못했다. 작은아버지는 당신이 그토록 사랑했던 여자를 전쟁으로 떠나보내면서 이 땅에 두 번 다시 사랑하는 가족을 잃는 전쟁의 비극이 일어나지 말아야 한다는 일념으로 살았던 것 같다. 작은아버지의 바람은 적어도 이 땅에 자신처럼 전쟁의 상처로 고통 받는 사람이 더 이상 없기를 바라는 마음이 아니었을까.

작은아버지의 삶을 통해 이 땅에 그 전쟁은 비록 끝났지만, 여전히 전쟁의 기억과 상처가 우리 곁에 남아 있다는 것을 알 수 있었다. 그러고 보면 여전히 6·25전쟁, 한국전쟁은 진행형이요, 쉽사리 마침표를 찍을 수 없는 전쟁이다.

한 사람이 살아가는 길과 그 사랑하는 법은 다르다. 사람마다 똑같을 수가 없는 것이 당연하다. 살면서 자신이 걸었던 길은 스스로도 인생 말년에 평가하겠지만, 어쩌면 제3자가 평가하는 것이 보다 정확하고 객관적일 것이다. 그렇다면 작은아버지, 숙부의 삶은 어떠했는가? 내가 보건대 숙부가 한평생 살고 걸었던 길은 결코 순탄하고 평탄한 길은 아니었으리라. 그 사는 법은 평범하지 않고 좀 유별나고 독특했다면 맞을까?

어쨌든 간에 우리는 모두 저마다 지금도 후회 없는 삶을 살기 위해 끊임없이 자신을 돌아보아야 하지 않을까 싶다. 오늘 처음으로 작은아버지께 살아생전에 하지 못했던 마지막 인사말을 적는다.

"산다는 것은 희망을 품고 기다리는 즐거움과 희망이 있어야 하는데, 한평생 이 나라 이 땅을 지키기 위해 당신이 택하고 걸었던 길, 그 길이 많이 외롭고 몹시 쓸쓸했을지 모릅니다. 그러나 외람되지만 제가 보기엔 참 멋있습니다. 누구나 걸었던 그저 평범했던 길이 아니기 때문입니다. 더욱이 한평생 그러한 삶이었기에 당신은 분명 이 땅의 가장 아름다운 사람입니다. 세상에서 가장 아름다운 꽃입니다."

당신은 이 땅 위에 눈부신 햇살이 되었고
그 햇살이 오늘도 우리를 찾아와 비추어 주기에
우리는 늘 당신과 함께 이 땅의 아침을 맞이합니다.
지금 당신이 지켜 낸 이 땅에 밝은 햇살이 비치고 있습니다.

만나고 싶을 때 언제나 만날 수 있고, 보고 싶을 때 언제라도 볼 수 있는 사랑만 내게, 우리에게 있다면 얼마나 행복할까. 우리가 만나고 싶을 때 만날 수 없고, 보고 싶을 때 볼 수 없는 것이 사랑이다. 막상 내 곁에 가까이 있을 때는 잘 모르다가 내 곁을 떠나고 난 뒤에야 비로소 그것이 사랑이었다는 것을 알고 아쉬움과 안타까움의 감정에 사로잡힌다. 시간이 지나고 세월이 흐른 뒤에 후회하고 되돌리고 싶어도 때는 늦다. 한 번 놓치고 쏟아지면 그대로 주워 담을 수 없는 물 같은 것이 사랑이다.

내 사랑을 보석처럼 아끼고 내 몸처럼 여기면서 필요로 할 때, 언제든지 달려갈 수 있는 가장 가까운 거리에 있으면 좋겠다. 그래서 내가 가진 따스함을, 사랑을 지금 우리 곁에 있는 사람은 물론이고 처음 보는 다른 사람과도 나누면 어떨까. 작은 것들의 아름다움에도 시선을 주면서 귀를 조금만 기울였으면 더욱 좋겠다.

사랑은 요란스럽지 않고 조용하게 배려하는 것이다. 그렇게 하는 것이 사랑이다.

3부

사랑이 그대 동화 속의
흰 눈처럼 내리다

그대만큼 사랑스러운 사람을
본 일이 없다

고3이라고 해서 외로움을 어찌 모르겠는가.

고3이라고 해서 친구들과 수다를 떠는 재미를 어찌 모르겠는가.

고3이라고 해서 가슴 두근두근한 사랑에 어찌 목마르지 않을까.

"수능 날까지 성적을 우러러 / 한 점 부끄럼이 없기를 / 식후에 오는 졸림에도 나는 괴로워했다. / 합격을 노래하는 마음으로 / 모든 출제되는 것을 사랑해야지. / 그리고 나한테 주어진 시험을 치러 가야겠다. / 오늘 밤에도 재수가 꿈에 스치운다."

언젠가 고등학교 동창생 세 명이 쓴 책이 세간에 화제가 된 적이 있었다. 그 책에는 우리 모두의 시선을 끄는 시가 여럿 나온다. 그 중 재미난 건 다름 아닌 윤동주 「서시」의 패러디였다. 고3 아이들 입장과 처지에서 슬쩍 비틀어, 잠시의 여유와 자유마저 없는 고3 처지를 재치 있게 담아냈다. 읽는 이로 하여금 슬프고 씁쓸한 느낌마저 준다.

"하늘을 우러러 한 점 부끄럼 없기를"이라는 바로 이 「서시」의 한 구절이 몇 해 전 대학수능시험에 등장했다. 국어 문제가 아니라 수험생의 필적 확인을 위해 이 시 구절을 답안지에 문구 그대로 수험생이 자필로 옮겨 쓰도록 했다. 대리 시험을 막기 위한 고육지책으로 수험생 본인 확인을 하려는 일종의 부정 방지책으로 등장한 것이다. 그도 그럴 것이 바로 한 해 전에 휴대폰을 이용한 대규모 시험부정이 적발된 뒤 도입한 것이어서 '부끄럼 없기'라는 시구를 고른 듯한 느낌이 누구에게나 들었다.

이후 해마다 거르지 않고 수능시험 필적 확인란에 적을 시 한 줄이 인용되었다. "넓은 벌 동쪽 끝으로", "맑은 강물처럼 조용하고 은근하며", "날마다 새로우며 깊어지고 넓어진다"등 자음과 모음이 알맞게 섞여 필적 확인이 쉽고, 수험생에게 희망과 용기를 불어넣는 구절들이다.

지난해 11월에 치러진 2019 대입수능에서는 "그대만큼 사랑스러운 사람을 본 일이 없다"라는 시구가 등장했다. 긴장과 떨림으로 가슴이 두근두근 잔뜩 타 들었을 수험생의 떨리는 가슴을 촉촉하게 적셔 주고 푸근하게 다독이는 명시의 한 구절이다. 몇날 며칠 밤잠 이루지 못 하고 전전긍긍하며 이 시구를 고른 이의 사랑이다.

고3 아이들이 삼 년 내내 갇혀 살아온 대입 감옥의 형기刑期가 또 한 해 일단락됐다. 물론 새로운 형기가 시작되겠지만, 옥바라지하듯 갖은 눈치 살피며 자식을 살갑게 챙겨 온 부모들도 큰 짐 하나 내려놓았다. 스승의 눈으로 바라보면 점수의 높고 낮음을 따질 것 없이 이 혹독한 대사 치러낸 것만 해도 아이들 모두가 그저 대단하고 장하기만 하다. 우리 아이들은 하나하나가 세상에서 유일하고 가장 소중한 존재이다. 안쓰럽고 대견한 우리 아이들에게 위로 한마디 건네고 싶다.

그동안 잘 견뎌 왔다고.
용케 잘 견뎌 왔다고.
정말 수고 많았다고.
그리고 사랑한다고.

풀꽃이 꾸는 꿈

꿈을 꾸고, 꽃을 피우고 사랑하라.

두려워하지 말라. 서툰 것도 사랑이다.

사랑하며 생긴 상처도 잘 아물면 날개가 된다.

얼마 전, 1학기 고등학교 2학년 문학 수업의 마지막 시간이다.

"자세히 보아야 예쁘다. / 오래 보아야 사랑스럽다. / 너도 그렇다."

한 학기를 정리하자는 의미에서 나태주 시인의 시 「풀꽃」과 들녘에 피어 있는 예쁜 여러 풀꽃 사진을 함께 스크린에 올렸다. 아이들과 시에 대해, 우리 삶에 대해 서로의 생각을 나누는 시간을 가졌다. 평소 교과 진도에 쫓기며 소홀했던 소통의 시간을 가졌다.

이 시는 짧은 시이지만 그 반응이 가히 폭발적이고 기대 이상이다. 시 한 편으로 인해 금세 아이들과 하나 되는 것은 정말 놀라운 일이다. 좋아하는 여자 친구에게 편지를 보내고, 한 권의 소설을 읽고 함께 이야기하는 모습이 보고 싶었다. 지금 어떤 꿈도 꿀 수 있는 청춘의 나이다.

"'풀꽃'이라는 꽃말을 가진 꽃이 있나요?"
"꽃이 예쁘면 보는 순간 단번에 예쁜 것이지, 굳이 그 앞에 '자세히 보아야', '오래 보아야'라는 조건이 붙는다면 실제로 예쁜 것이 아니지 않나요?"
"그냥 '나도 그렇다' 하면 되는데, 굳이 '너도 그렇다'는 것은 자신을 속인 진심이 아니지 않나요?

마치 초등학생들처럼 쉴 사이 없이 도무지 틈도 주지 않고 연이어 질문이 쏟아진다. 나도 모르게 놀라움에서 탄성이 나온다. 아마 이들의 비슷한 나이 무렵이지. 첫사랑 앞에서 어쩔 줄 몰라 쩔쩔매던 것처럼 내 얼굴이 화끈 달아오른다. 지금 이들

의 모습은 내가 그렇게 보고 싶었던 아이들의 모습이었다. 질
문하는 아이들의 모습보다 더 아름다운 것은 없다.

알다시피 풀꽃은 따로 있는 꽃말이 아니다. 말 그대로 풀에서
피는 꽃이다. 이 꽃은 우리 모두가 잘 아는 장미나 벚꽃처럼
결코 화려하거나 예쁘지 않다. 어떤 향기도 자취도 이름도 없
고, 예쁘지도 값지지도 않은 꽃이다. 그렇지만 이 풀꽃도 시인
의 읊조림처럼 자세히 보면 예쁘고, 오래 보면 그렇게 사랑스
러울 수가 없다. 하물며 사소한 풀꽃도 이러할진대 우리 주변
에 있는 모든 사물이 그렇다. 지금 같은 교실에 함께 있는, 옆
에 있는 친구가 그렇다.

우리는 살아가면서 오늘도 수많은 인연을 만난다. 그 인연을
자세히 알고 나면 이웃이 되고, 색깔을 알고 나면 친구가 되
고, 모양까지 알고 나면 연인이 된다는 말이 있다. 그리고 연
인들은 서로 사랑한다. 어떤 사랑을 하면 참 좋을까 하고 생
각을 하게 된다. 그것은 서로 사랑하면서 예쁘지 않은 것을 예
쁘게 보아 주고, 좋지 않은 것을 좋게 생각해 주고, 싫은 것도
잘 참아 주면서 처음만 그런 것이 아니라 나중까지, 아주 나중
까지 그렇게 하면 그것이 바로 사랑이다.

어딘가 내가 모르는 곳에서 보이지 않는 풀꽃처럼 웃고 있는 그 한 사람으로 인하여 우리 사는 세상은 다시 한 번 눈부신 아침이 된다. 어딘가 내가 모르는 곳에 보이지 않는 풀잎처럼 숨 쉬고 있는 너 한 사람으로 하여 세상은 다시 한 번 고요한 저녁이 된다. 그리하여 모두가 행복하고 아름다운 꿈을 꾸는 자리가 되지 않을까.

사랑하고 그리워하고 기다리는 일은 정말 좋은 일이다. 참으로 아름다운 일이다. 꽃이나 새, 산이나 구름, 바람이나 풀, 바위나 돌, 어떤 물건이든 자연이든 생물이든 무생물이든, 책 속의 기록이나 인물이나 예술품이거나 가릴 것 없이 오늘부터라도 사랑하고 그리워하자. 이 계절에 풀숲과 길섶에 가만히 쪼그리고 앉아 이름 없이 자라고 있는, 작고 여린 풀꽃을 사랑하자. 보잘것없는 사물이라도 자세히 보지 않고서는 좋은 시를 쓸 수 없다. 시인은 섬세한 관찰자다. 시인은 참으로 위대한 존재다.

오늘부터 우리 모두 하루 한 편의 시를 마음으로 읽고, 가슴으로 느껴 보자. 그리하여 우리들의 청초하고 순수한 마음이 메마르지 않고 풍요로워지도록 하자. 그리고 당장 지금부터라도 내 주위에 저 '풀꽃'처럼 소외받고 외면받아 마음 아파하는 친구들이 있는지 우리 주변을 둘러보자. 너희들도 저 고운 햇살처럼 아름답다. 그리고 너희의 미래는 너희들의 것이다. 너희들은 뭐든 해낼 수 있다. 부딪쳐 보는 것에서 사랑이 시작되고 행복이 출발한다.

> 그리하여 너희들은
> 꿈을 꿀 수 있을 때 꿈꾸고
> 사랑할 수 있을 때 사랑하라.
> 생각보다 꿈꿀 시간이 많지 않다.
> 생각보다 사랑할 시간이 많지 않다.

사랑을 쉽게 끄고 켤 수 있다면

우리는 사랑을 하고 누구나 사랑을 한다.

적어도 사람과 사람이 만나는 사랑에서만큼은

무조건 단순 편리한 것만을 찾지 말아야 하지 않을까.

"내가 단추를 눌러 주기 전에는 / 그는 다만 / 하나의 라디오에 지나지 않았다. // 내가 그의 단추를 눌러 준 것처럼 / 누가 와서 나의 / 굳어 버린 핏줄기와 황량한 가슴속 버튼을 눌러다오. / 그에게로 가서 나도 / 그의 전파가 되고 싶다. // 우리들은 모두 / 사랑이 되고 싶다. // 끄고 싶을 때 끄고 켜고 싶을 때 켤 수 있는 / 라디오가 되고 싶다."

앞의 시는 장정일 시인의 「라디오 같이 사랑을 끄고 켤 수 있다면」. 아마 어디선가 많이 본 듯한 어조일 것이다. 바로 김춘수 시인의 유명한 시 「꽃」의 패러디다. 우리 모두가 잘 아는 「꽃」을 변주하여 쓴 시로 흥미와 관심을 끌기에 충분하다. 더욱이 가슴 아픈 사랑을 경험한 사람이라면 더욱 공감할 수 있지 않을까.

원작의 시어 '몸짓'과 '꽃'이 '전파'와 '라디오'로 바뀌고, 절실하고 심각한 사랑이 편리하고 많이 가벼운 사랑으로 대체되었다. 결국 이 전파는 나와 그 누군가를 이어 주는 존재이면서 사랑의 감정 그 자체이기도 하다. '끄고 싶을 때 끄고, 켜고 싶을 때 켤 수 있는'그 편리함이 바로 현대성의 원리다. 그런데 고전적인 의미의 사랑과 관계에 대해 시인은 한 번쯤 다른 생각을 말하고 싶었던 것일까?

이 시를 발표할 당시에는 휴대폰이 없었다. 요즘처럼 휴대폰이 세상을 지배하는 때였다면 분명히 '나도 휴대폰이 되고 싶다'라고 썼을 것 같다. 시 「꽃」에서 '이름'이 다분히 관념적 존재라면 장정일 시인의 '라디오 단추'는 매우 가시적이고 보다 구체적이다. 요즘 같은 인공 지능의 시대엔 '리모컨'으로 바꿔 불러도 부족할 것 같다.

상대의 이름을 불러 주는 것만으로 꽃의 의미가 살아나는 것은 아니다. 단추를 꾹 눌러 주어야 비로소 사랑이 작동된다. 그렇게 보면 더 이상 사랑은 온건한 정서적 행위가 아니라 버튼을 누르고 전파가 오가야 그 꽃이 피어나는 구체적 행위를 표현하고 있다. 그러면서도 가볍고 감각적인 어투로 너무도 흔한 사랑의 세태를 잘 포착하여 풍자했다.

시인은 말한다. 우리가 사는 이 시대의 사랑은 너무 쉽게 만나고 쉽게 헤어지는 일회적이다. 찰나의 인스턴트식이라고 사랑의 편의와 실용을 조롱하고 비판한다. 사랑이 필요할 때 한순간만 사용하고 버려지는 일회용품처럼 소비되는 현실이다. 우리가 살고 있는 현실에 대한 교과서적 비판뿐일까 하는 의문과 서글픔은 여전히 우리 마음에 무겁게 남는다. 휴대폰이라는 현대화된 물건에 우리의 사랑이 지배당하고 변질되고 있는 것은 아닐까.

카톡의 문자와 이모티콘으로 가볍게
즉각적으로 반응하며 날리는 헤픈 사랑보다,
가끔은 모두 잠들은 늦은 밤까지 하얀 종이 위에다
펜으로 정성 들여 쓰던 말로만 들었던 편지를 써 보자.

우리네 부모들이 뜸들이던 가마솥의 밥 같은

은근히 표현했던 옛사랑이 그립기도 한 밤이다.

아침에 꽃 피고, 밤에 눈 내리는

이 세상에는 사랑밖에 없다는 것.

세상 단 한 사람에게만 느낄 수 있는 것,

사랑에 대해 우리가 아는 것은 그것뿐,

그래서 오늘부터는 최대한 많이 사랑해 보려고.

공원에서 한 아버지가 초등학생인 딸에게 자전거 타기를 가르치고 있는 모습을 우연히 보게 되었습니다. 자전거 안장에 앉은 딸은 두 손으로 핸들을 꽉 잡은 채 시선을 땅으로 박고는 무서워서 부들부들 떨고 있었고, 도무지 한 발자국도 앞으로 나가지 못하고 쩔쩔 매고 있었습니다. 그러다 넘어지는 딸과 함께 뒤에서 자전거의 뒷좌석을 잡고 선 아버지도 옆으로 땅바닥으로 나동그라지는 모습에서 마음과 몸이 함께 무너지는 것이 보였습니다.

그러나 이후에도 딸은 자전거의 페달을 한 번도 제대로 밟지 못하고 연이어 넘어지곤 했습니다. 딸과 함께 계속 넘어지는 그 아버지의 얼굴도 점차 어처구니가 없다는 표정이 되었습니다. 그리고 슬슬 짜증이 난다는 얼굴을 하고 있었고, 또다시 아버지의 기대와 달리 딸의 자전거가 한쪽으로 곤두박질을 치자 마침내 아버지는 딸을 향해 갑자기 화난 소리를 버럭 지르고 있었습니다. "도대체 넌 누굴 닮아 이렇게도 운동 신경이 없어?"

아버지의 화난 소리는 마치 넌 내 딸이 아니라는 선언과도 같았습니다. 아버지는 앞에서 자전거를 끌고 그 뒤를 딸이 울면서 따라가는 모습을 보자, 모처럼 공원에 나와 상쾌했던 마음이 일순간 우울해지고 말았습니다. 아마도 딸의 어머니가 그 자리에 함께 있었더라면 조금 전에 들었던 남편의 했던 말로 인해 마음의 큰 상처를 받았을 것 같았습니다. 더군다나 가을날 공원에 활짝 피어 함박웃음을 짓던 국화와 코스모스 등 많은 어린 꽃들이 이 광경을 지켜보고 있었습니다.

얼마 전 딸에게 자전거를 가르친 적이 있었습니다. 뒤에서 붙들고 반나절을 가르쳤지만 도무지 진도가 나가지 않았습니다. 그러자 나도 사람인지라 짜증이 가슴 밑바닥에서 불쑥불쑥 올라오기 시작했고, 얼마 안 가서 서서히 지치기 시작했습니다. 그걸 내색하지 않으려고 나는 무진 애를 써야 했습니다. 자전거와 함께 넘어지면서 딸아이의 무릎 곳곳에 무수한 생채기가 나 있었습니다.

그날 집으로 돌아오면서 딸에게 한마디 툭 던졌습니다. 아빠는 자전거를 처음 배울 때, 일주일이나 걸릴 만큼 너보다 더 못 탔다고. 아마 내일은 더 잘 탈 수 있을 거라고. 실제 그다음 날 딸은 내가 생각하는 것보다 훨씬 자전거를 더 잘 탔습니다. 얼마 가다가 다시 곤두박질치기도 했지만 스스로 조금씩 타고 가는 거리가 늘어나기 시작했습니다.

3일째는 넓은 운동장에서는 온전히 혼자 자전거를 타기 시작했습니다. 그때 난 맘속으로 좋아했고 기뻐했던 것 같습니다. 아침 출근 전에 딸의 책상 위에 메모를 남겼습니다. "열정과 꿈을 가지고 노력하면 세상 어떤 일이든 반드시 이루어진다." 고 말입니다. 그날 저녁 내 책상 위에도 딸의 메모가 있었습니다. "아빠가 화내지 않고 내일이면 자전거를 더 잘 탈 수 있다는 말에 포기하려다가 용기와 자신감을 갖게 되었다고."

남을 가르친다는 것은 사랑입니다. 그 사랑이 전제되지 않으면 아무리 훌륭한 교육도 소기의 목적을 달성하지 못합니다. 그 교육은 가르치는 선생님보다 배우는 학생이 항상 더 힘들고 고통스러운 법입니다. 앞의 이야기에서 그 아버지는 배우는 당사자인 아이가 가장 힘들다는 사실을 잘 몰랐습니다. 선생님은 학교에서, 부모님은 가정에서 늘 아이의 입장에서 생각하고 가르친다면 많은 시행착오와 좌절도 아이 스스로 이겨 내지 않을까요.

남을 가르친다는 것은 결코 쉽지 않습니다. 사랑은 끝까지 참고 또 참으며 인내해야 하는 일입니다. 사랑은 인내입니다.

사랑이란,

아침에 꽃이 피고 밤에 눈이 내리는 것처럼

좀처럼 끝까지 지치지 않고

참을성 있는 정성이 담긴

오랜 기다림이 필요합니다.

넘어지면, 일어서는 사랑

세상에 담은 많고 높아 도무지 한 치 앞을 보기 힘들다.
그래도 사막을 뚜벅뚜벅 걸어가는 낙타로 살아가는 그대
어둠 속에 반짝이는 별빛을 품에 안기 위해 걷고 또 걷는다.

사지가 없는 선천적 장애를 가진 닉 부이치치. 장애를 가지고 태어난 그는 1982년 목회자인 아버지와 어머니 사이에서 오스트레일리아에서 태어났다. 자신의 모습이 너무 싫었던 그는 여덟 살이 된 후 무려 세 번이나 되는 자살 시도를 했다.

그에겐 희망이 없었다. 늘 혼자였고 삶의 의미가 없었다. 자라면서도 자신이 학교에 가고 나중에는 대학에 갈 것이라는 생각은 처음부터 아예 하지 못했다. 그러나 닉에게는 닉을 누구보다 사랑하는 부모님이 계셨다. 그 사랑 덕분에 이후 닉은 포기하거나 결코 좌절하지 않았다. 마침내 닉은 사람들 앞에 당당하게 일어섰다. 그리고 말했다. 닉은 자신이 단지 신체의 몇 부분이 없어 다소 불편할 뿐 모든 게 정상이라고. 부모님의 사랑이 자신이 가진 장애를 불평하기보다는 인정하고 자기 삶 자체로 여기게 만들었다고.

닉은 생기다 만 발에 펜을 끼워 글씨를 썼고, 대학에서 회계와 경영을 전공했으며, 장애를 가진 친구들이 취미로 절대 가질 수 없는 스케이트보드 타기, 서핑, 드럼까지 섭렵했다. 그리고 오로지 희망과 용기를 주려는 사명감 하나로 세상의 감동으로 우리 모두 앞에, 사람들 앞에 너무나 밝고 당당하게 찾아왔다.

닉은 비록 어린 시절엔 또래와 너무 다른 자신의 모습에 절망했지만 이제 활기찬 청년이 되고 어른이 된 그는 지금도 미국, 호주 등 전 세계를 다니고 누비며 남녀노소 가리지 않고 다양하고 수많은 사람들을 대상으로 행복을 전하는 전문 강사로, 행복전도사로서 자신의 삶을 누구보다 기쁘고 당당하게 살고 있다.

길을 가다 보면 누구나 넘어질 수 있다. 팔다리가 멀쩡한 친구는 손쉽게 일어날 수 있지만 우리 모두는 반드시 그렇지 못하다. 닉 자신도 그렇지 못하다고 했다. 실제 팔다리가 없는 그의 신체적 조건은 누가 보더라도 넘어졌다가 일어나는 것은 도저히 불가능해 보인다. 실제 넘어진 모습을 보인 그는 절대로 일어날 수 없을 것처럼 보였다.

그는 말한다. 처음에는 실패하더라도 열 번, 백 번이고 일어서기 위해 시도하고 또 시도해 보라고 말한다. 넘어진 상태로는 아무것도 할 수 없고 아무 데도 갈 수 없기 때문이다. 백 번 모두 실패하고 일어나는 것을 포기한다면 영원히 일어나지 못한다. 따라서 백 번 실패해도 시도하고, 또다시 시도하면 반드시 일어날 수 있다고.

사람은 살면서 누구나 한 번쯤 실패를 한다. 사랑도 실패를 한다. 더 이상 사랑할 수 없는, 다시 일어설 수 있는 사랑이 없다고 느낄 때가 있다. 그러나 닉은 말한다. 일어서는 힘, 그 사랑의 힘은 누구든지 다시 일어설 수 있다는 믿음과 노력이 중요하다고……

다시 말하면, '힘들다', '어렵다', '안 된다' 등과 같은 부정적 생각보다는 '된다', '가능하다', '괜찮다', '다시 할 수 있다' 등 보다 긍정적인 생각을 하며 살아야 한다고.

그 상황을 어떻게 받아들이고 판단하는가에 따라 그 결과는 생각보다 엄청 달라짐을 우리는 맞닥뜨리게 된다. 힘든 시절 겪어 본 기억들은 내가 잘되어 잘나가고 있는 이 순간에도 오래 가져가야 할 소중한 것들이다.

길을 가다 보면 누구나 넘어질 수 있다.

사람은 살면서 누구나 한 번쯤 실패를 한다.

우리는 사랑의 실패와 좌절을 거듭한다.

사랑의 힘은 그래도 결국 일어선다는 데 있다.

신神은 일어나는 법을 가르치기 위해 넘어뜨린다.

가장 받고 싶은 사랑

다시는 오지 않아도

오랜 세월이 지나도 오지 않는

잊히지 않는 그 목소리와 발소리

귀 쫑긋 세우고 다음 생에도 그렇게 기다릴 거다.

우리는 언제까지나 당신을.

"아무것도 하지 않아도 / 짜증 섞인 투정에도 / 어김없이 차려지는 / 당연하게 생각되는 / 그런 상 // 하루에 세 번이나 / 받을 수 있는 상 / 아침상 점심상 저녁상 // 받아도 감사하다는 / 말 한마디 안 해도 되는 그런 상 / 그때는 왜 몰랐을까? / 그때는 왜 못 보았을까? / 그 상을 내시던 / 주름진 엄마의 손을 / 그때는 왜 잡아 주지 못했을까? / 감사하다는 말 한마디 / 꺼내지 못했을까?"

살면서 아무리 받아도 언제나 기분 좋은 것이 상賞이다. 그렇다고 받고 싶다고 늘 받고, 또 누구나 받을 수 없는 것이 바로 이 상이라는 존재이다. 이처럼 요즘 모든 학교에서는, 그 가운데 고등학교에서 실시되는 각종 교내대회의 관심도와 인기는 그야말로 최고조다.

학교마다 객관성 있고 공신력 있는 대회를 만든다고, 또 이를 아무런 잡음 없이 치러 내느라고 머리를 싸매고 있다. 대입 수시에서 중요한 항목으로 평가받는 학생부 수상경력 항목에 기재되기에. 물론 이 상은 교내 수상에만 국한되기 때문이다.

최근 학생부종합전형의 비율이 매우 커진 상황이다 보니 학생들의 관심도는 가히 압도적이다. 그래도 이 상에 대해 지나치게 청춘의 아이들 삶이 매몰되지 않았으면 좋겠다. 앞의 초등학생의 동시 한 편이 상賞에 매몰된 우리의 일상을 돌아보게 해서 더욱 애틋하다.

오월의 어느 날 아침에 우연히 방송을 통해 앞의 동시를 전해 듣고 한동안 가슴이 먹먹했다. 초등학교 6학년이 쓴 앞에 인용한 동시 한 편이 오월 가정의 달에 즈음하여 신문과 방송에 소개되면서, 한동안 잊고 있던 동심과 엄마를 생각하게 하며 잔잔한 감동을 주었다. 초등학생인 아이가 암 투병 끝에 돌아가신 엄마를 그리워하며 쓴 동시였다.

아이는 이제 엄마의 밥상을 받고 싶어도 받을 수 없다. 아이는 무엇보다 엄마가 살았을 때, 엄마에게 '감사하다'는 말 한마디 못한 것이 너무나 후회가 됐다. 그래서 그 마음을 늦게나마 오롯이 이 동시에 담았다. 세상을 떠난 엄마가 생전에 차려 주시던 밥상을 생각하며, 하늘나라에 계신 엄마를 그리워하며 쓴 동시다.

앞의 동시를 읽으면서 나이 서른이 넘도록 엄마의 밥상을 받았던 나는 참으로 행복한 사람이라는 생각이 든다. 그러나 그 밥상을 이제는 영원히 받을 수 없는, 아이와 같은 내 처지이기에 더욱 동병상련 하는지도 모르겠다. 많은 어른들의 가슴을 울리는 것도 일상에 쫓겨 잠시나마 잊고 있었던 엄마 밥상을 찾았기 때문이 아닐까. 지금 이 순간, 우리가 가장 받고 싶은 상이 어떤 상인가. 그리고 이렇게 말하고 싶다.

엄마 밥상이야말로 우리가 받고 싶은 상.

누구나 영원히 평생 받고 싶은 엄마 밥상.

세상에서 가장 행복한 밥상은 엄마 밥상이 아닐까요.

세상에서 가장 받고 싶은 사랑은 엄마 사랑이니까요.

손편지에 담아 그린 사랑

사랑은 언제나 분홍 잇몸을 드러내고
푸른 하늘을 날아가는 물방울 같은 옷을 입고
우리 모두에게 환하게 달음박질쳐 온다.
오월이면, 하늘이 푸른 날이면 더욱 그렇다.

한 조간신문은 올해 스승의 날은 청탁금지법 시행 이후 맞이하는 기념일이어서 대학에서도 예년과 달리 학생과 교수 모두 행사 진행에 부담을 느끼고 있다는 소식을 전한다. 스승의 날을 앞두고 다양한 행사를 준비해 온 일부 대학의 학생들은 청탁금지법 조항을 일일이 챙겨 보며 행사 계획을 세우고 있다는 내용이다. 청탁금지법 영향으로 학생 개인이 전달하는 사제지간 선물과 케이크도 문제가 될 수 있기에 그동안 행사 이벤트에 참가한 학생과 교수에게 주었던 식사상품권도 전달하지 않기로 했다고 한다.

하물며 입시를 앞두고 있는 고등학교는 더 예민하다. 학교 분위기가 아주 살벌하기까지 하다. 선물은 호환 마마보다 더 무서운 존재로 사제지간에 각인되었다. 내가 맡은 아이들은 스승의 날에 학급회장의 제안으로 학생들이 손편지를 쓰고 그것을 모아 작은 책을 만들어 내게 주었다. 비록 어설프고 조악했지만, 그동안 받아 왔던 어떤 선물보다도 행복했다. 공부하느라 없는 시간도 쪼개어 준비한 정성이기에. 그래서 학생들에게 한 가지 이런 제안을 하고 싶다.

아이들도 예전처럼 십시일반 돈을 모아 준비하는 선물 대신에 직접 손편지 쓰기, 영상메시지 전달, 장기자랑, 사제동행 운동회, 단체 춤 등을 통해 스승에게 감사의 마음을 전하면 어떨까 싶다. 대학생들은 고등학생들보다 시간적 여유가 있는 만큼 미리 직접 쓴 손편지를 작은 책으로 만들어 감사하는 마음을 지도 교수에게 전하면 참으로 좋을 것 같다는 생각을 해 본다. 생각보다 큰 비용도 들지 않고 오히려 마음은 고스란히 담을 수 있고 정성은 배가된다. 실제 효과도 생각 그 이상이다.

오랜 기간 가르치는 입장에 있다 보면 마음이 아픈 아이, 상처 받은 아이 뒤에는 그 상처를 아직 해결하지 못한 부모님이 계시다는 것을 많은 선생님들이 절실히 느낀다. 역시 가장 큰 문제는 우리 사회의 어른들이다. 크는 아이들이 뭐 그럴 수도 있다는 무관심과 방관이었다. 이런 경우 이 상처를 치유할 수 있는 사람은 의사도 아닌, 또 다른 부모인 양육자인 바로 선생님, 스승들이다. 아이들은 단순한 관심이 아닌 마음을 나눌 사람인 스승이 필요했다.

가르치는 사람은 아이들을 가르치면서 스스로도 매일 배워 나가는 사람이다. 그들을 통해 인생을, 삶을 배운다는 것을 생각하면 아이들이 얼마나 고마운 존재인가. 아이들의 침묵과 반항은 상대가 알아주길 원한다는 신호이며, 알아줬을 때 치료와 치유가 이루어짐도 배웠다. 아이가 있었기에 그 이후 힘들 때마다 지금까지 나 역시 쉽게 교육을 포기하지 않을 수 있었다. 그리고 시련과 난관이 있을 때마다 잘 헤쳐 나갈 수 있는 힘이 되었다.

아침 햇살은 어둠이 울어야 깨어나고 밝아 온다. 아이들은 풀꽃이다. 이 풀꽃도 자세히 보면 예쁘고, 오래 보면 그렇게 사

랑스러울 수가 없다. 싱그럽고 따스한 아침 햇살 같은 아이들
도 정성스레 키우는 인고의 시간을 견뎌 내는 어둠 같은 어른
들의 고통 없이는 불가능하다는 생각을 오월 이맘때면 해 본
다. 우리 모두가 행복한 마음으로 진정 감사하는 마음으로 기
다리는 스승의 날은 언제 올까 하고.

사랑에 목마른 아이들,

사랑받고 있지 않다고 여기는 아이들,

사랑을 끊임없이 의심하고 시험하는 아이들,

그래도 사랑할 수밖에

다른 방법이 없다.

나만의 언어를 찾아서

우리가 살아가면서 감탄과 연민, 이 두 마음을
잘 간직하고 산다면 우리는 무미건조한 일상을
좀 더 신의 나날로 바꿀 수 있지 않을까요?

"이것 봐, 이것 봐!
이 제비꽃은 보라색인데 저건 흰색이야.
또 이 흰색 민들레와 노란색 민들레 좀 봐.
어쩌면 한 종류이면서 이렇게 각기 독특한 색깔을 가졌지?
……어머머. 그래? 세상에 이런 슬픈 일도 있다니?"

고재종 시인은 앞의 「감탄과 연민」이라는 산문에서 우리 생활
에서 감탄과 연민의 한 장면을 매우 효과적으로 보여 주고 있

습니다. 시인의 친구는 들길을 걷거나 산행을 하다가 우연히 발견을 들꽃을 보고는 마치 그 마음이 어린아이처럼 열려 탄성을 발하는 모습을 꾸밈없이 보여 줍니다.

그뿐만 아니라 시인의 친구는 금낭화, 즉 며느리밥풀꽃에 얽힌 전설을 듣고는 이내 어느새 말을 잊고 눈시울이 젖어 들면서 눈은 벌써 금낭화에 대한 연민으로 가득 차 있음을 보여 줍니다. 이 글에서 시인은 '감탄'과 '연민'이 우리 삶에서 가지는 소중한 의미와 가치에 대하여 설득이면서도 감동적으로 설파하고 있습니다.

'감탄과 연민', 우리의 삶에서 정말 중요한 의미와 가치를 지닌 말들입니다. 감탄은 요즘같이 메마른 세상에서 가장 오래 눈부신 것을 발견해 내고 때 묻지 않은 순수한 마음과 눈으로 바라보는 마음입니다. 이 얼마나 곱고 아름다운가요?

또 시인은 친구의 모습에서 세상에 대한 감탄뿐만 아니라 언제나 스러지고 상처 입는 것들에 대한 연민의 마음도 가지고 있음도 봅니다. 연민은 상대의 고통을 함께 느끼는 데서 오는 슬픔입니다. 이는 상대의 고통을 동정하는 단순한 감상이 아니기에 그 흔한 동정과 다릅니다. 그것은 궁극적으로 인간 본질에 대한 따뜻한 이해이므로 시인도 연민의 자리는 신의 숨결이 닿는 자리라고 말합니다.

내가 아는 분 중에 동시와 시를 함께 쓰는 시인이 있습니다. 함께 여행을 가면 일행 중에서 유난히 감탄을 잘해서 오히려 옆에서 듣는 제가 부럽기도 하고 깜짝깜짝 놀랄 때가 한두 번이 아닙니다. 이름 모를 꽃 한 송이와 풀 한 포기를 보아도, 냇물에 외롭게 잠겨 있는 작은 조약돌 하나에도, 이리저리 헤엄치는 송사리 떼만 보아도 마치 세상이 온통 신비로 가득 찬 듯이, 어쩌면 스스로 나이 먹는 줄도 모르고 감탄사를 연발합니다. 아마도 그것은 깊은 산골짜기 개울에서 솟아나는 샘물처럼 맑고 깨끗한 백합 같은 마음을 지녔기에, 오랜만에 입는 내 옷처럼 꼭 맞는 아름다운 적재적소의 언어로 잘 표현하는 것이 아닌가 하는 생각이 듭니다. 정말 대단하고 놀라운 일입니다.

감탄과 연민, 이 둘은 메마르고 닫힌 세상의 꽃이나 초록과 같습니다. 봄을 맞이해서 눈을 들어보면 산과 들이 연두, 초록 마구 번지는 사이로 산벚꽃, 철쭉꽃, 조팝꽃이 펑펑 제 황홀을 터뜨립니다. 다음에서 봄에 핀 아름다운 꽃들을 바라보면서 눈과 마음으로 느끼는 시인의 감탄을 다시 인용해 봅니다.

"산벚꽃의 휘황함이요, 철쭉꽃의 정열이요, 조팝꽃의 떨림이라 했던가. 민들레의 미소요, 자운영의 유혹이요, 제비꽃의 교태라 했던가. 무릇 영산홍의 출중함과 금낭화의 붉은 입술과 홍도화의 귀기 어린 관능을 보아라. 그 색깔과 향기의 길에 한 번쯤 푹 빠져 본다 한들 부처님이라도 어디 나무랄쏜가."

숲의 산책로를 따라 걸으며
시야에 들어오는 풍경에 알맞은
나만의, 우리만의 감탄을 연발하며
아름답고 적절한 연민의 마음도 가지면서
우리 다 함께 시인이 되어 나만의 언어,
사랑의 언어를 찾으러 길을 떠나 보지 않으실래요.

있는 그대로, 가진 그대로

사랑은 말해야 할 때 말하지 않는 것,

사랑은 말하지 않아야 할 때 말하는 것,

사랑을 하면 생각은 빠르고 말은 느리다.

어느 날 갑자기 예고 없이 제자가 찾아왔다. 그간 무슨 사정이 있었는지 한눈에 봐도 몹시 파리하고 해쓱한 얼굴이다. 무슨 일이냐고 물었더니 여자 친구 얘기를 꺼냈다. 두 사람은 누구나 다 부러워할 캠퍼스 커플로 시작하여 십 년을 교제했다고 한다. 나이도 결혼 적령기가 되고 해서 최근 여자 친구 부모님께 인사를 갔단다. 그런데 지금 자신이 다니는 회사가 비전이 없어 보이고 신혼집을 마련할 경제적 능력도 되지 않는다고 여자 친구 부모님의 반대가 이만저만이 아니라고 고충을 토로했다. 정작 두 사람의 사이에는 아무런 문제가 없다고 했다.

지금 내 곁에 있는 사람을 있는 그대로 사랑하는 법을 배우는데는 오랜 시간이 걸린다. 그만큼 무의식중에도 자기 주위에 있는 사람들을 자기와 비슷하게 만들려고 애쓰는 버릇이 깊이 뿌리박혀 있기 때문이다. 그러면서 자신이 상대방을 자기와 비슷하게 만들려고 하는 노력을 흔히 사랑 혹은 애정이라고 착각한다. 게다가 상대에 대한 애착과 집착의 정도가 높으면 높을수록 그 착각의 정도도 덩달아 비례한다.

이에 비한다면 아무런 조건도 붙지 않는 사랑, 상대가 가진 외적 요소나 연민이 아닌 있는 그대로 오직 사랑하는 마음만으로 사랑을 하는 사람은 얼마나 좋을까 행복할까 하고 잠시 상념에 잠겨 본다. 영국의 시인으로 장애인이자 시한부 인생이었던 엘리자베스 베럿이 39세에 주위 사람들의 많은 반대를 무릅쓰고 여섯 살 연하의 젊은 시인 로버트 브라우닝과의 사랑이 그러했던 것으로 유명하다.

우리나라의 경우에도 이따금 상대방이 거동마저 어려운 신체적 장애를 가지고 있음에도 모든 걸 다 받아들이고 이해하고 이러한 사랑과 결혼으로 주위의 감동을 사는 경우를 심심치 않게 본다. 대부분 사람들은 '살아서 못다 한 사랑이라면 죽은 뒤에도 사랑하겠습니다.'라고 말할 수 있는 사랑을 하고 싶어 한다. 이승에서의 시간이 부족해서 죽은 뒤에까지도 사랑하겠다는 사람들이다.

하늘에 별이 아무리 많아도 하나뿐인 저 태양만큼 밝지 못하다. 우리가 아무리 많은 사람을 알며 지내도 단 한 사람을 진정으로 마음속 깊이 아는 것만큼 삶에 기쁨과 즐거움을 주지 못한다. 입으로는 아무리 많은 사랑을 말하여도 진심으로 사랑하는 한 사람이 없다면 그 사랑은 허공에다 집을 짓는 사랑이 된다.

지금 당장 내 곁에 모든 것을 다 주어도 아깝지 않은 사랑하는 사람이 있는가. 유명한 연극배우 찰리 채플린의 말이 생각난다.

"우나 오닐을 좀 더 일찍 만났더라면 내가 사랑을 찾아 헤매는 일은 없었을 것이다. 세상 단 한 사람에게만 느낄 수 있는 것, 그것이 진정한 사랑이다."

있는 그대로 사랑하는 법을 배우는 데는 오랜 시간이 걸린다.

일단 있는 그대로 사랑하는 법을 배우면 그 사랑은 다른 사람, 다른 사물로 확대된다. 그리하여 사는 일도 바빠진다. 바빠짐이야말로 살맛나는 삶의 또 다른 이름이다. 그 바쁜 가운데서 한 사람에게 사랑의 눈빛을 주고받을 수 있는 그런 사람을 살면서 만나는 것도 큰 행운이다.

어떤 배경과 조건이 따라붙지 않는 있는 그대로, 상대방이 가진 그대로, 가진 그대로 오직 사랑만을 위해 사는, 사랑하는 날들이 그대와 당신에게 많았으면 좋겠다. 그런 세상이어야 한다.

내일 날씨는 어떨 것 같아요?

아마도 사랑하기 좋은 날씨가 될 것 같아요.

사랑은 맑은 날씨, 궂은 날씨 가리지 않거든요.

내 마음의 풍경을 찾다

내 마음에 추억을 남길 수 없다면

그것은 무의미한 시간에 지나지 않는다.

오늘 아름다운 추억을 남길 수 있어야 한다.

옥수수 알맹이처럼 알알이 가득 빼곡히 차 있는

아름답고 풍성한 사랑을 이 계절에 해야만 한다.

지난해 여름에 이어 올해 여름도 폭염으로 몇 발자국 걷기조차 힘든 시간입니다. 눈을 뜰 수 없을 만큼 따가운 햇살과 숨이 턱턱 막히는 무더위 속에서 많은 사람들이 산과 바다로, 또 많은 이들은 해외로 휴가를 떠나기도 합니다. 황금 같은 휴가를 휴가지에서 나 혼자만의 힐링 시간을 가지는 소박한 행복을 꿈꿉니다.

그래서 꽉 막힌 고속도로 위에서 보내는 수고로움을 마다않고 많은 사람들이 일상을 떠납니다. 이 여름날, 이 계절에 너도나도 떠나는 것은 직장과 일터에서 일과 업무로 몸과 마음이 엿가락처럼 늘어지는 탓에 더는 일상에서 버티기 힘들어진 까닭이 아닐까요. 육체적으로 정신적으로.

어느 날 갑자기 누군가에 자극을 받고 유럽 여행을 꿈꾸기도 합니다. 서점으로 달려가 이연실의 『트립풀Tripful 파리』를 손에 들고 무작정 유럽 여행에도 도전합니다. 얼마간이나마 파리 사람을 흉내내 보는 것도 괜찮지 않을까요. 실제 파리 사람들은 지루함을 참지 못 하고 무엇인가 재미있는 일이 없으면 견디지를 못한다고 합니다.

그들에게는 사계절 모두 각각 긴 휴가 기간이 있으며, 그 사이에도 1 · 2차 대전 승전 기념일, 노동절 등의 휴가가 끼어 있어 조금 힘들어질 때마다 금방 숨통을 틜 수 있다지요. 특히 8월 파리 주거 지역은 사막의 적막함이 느껴질 정도이고, 휴가가 끝나고 일이 시작되는 9월 첫째 주에서 열흘 정도가 파리 사람들이 가장 너그러워지는 기간이라고 합니다. 휴가가 10일 미만인 나라는 대한민국뿐이라고 합니다. 1년간 30일의 유급휴가를 갖는 프랑스, 핀란드, 브라질, 스페인, 아랍 에미리트와는 무척 대조적입니다.

여행은 내 삶을 바꾸는 터닝 포인트가 되기도 합니다. 꽉 차 있던 마음이 확 비워지며 박하사탕을 먹은 것처럼 온몸과 마음이 상쾌해지기도 합니다. 머릿속마저 시원하고 자유로워집니다. 하지만 우리는 잘 쉬지 못합니다. 부지런히 뭔가를 해야 한다는 일상화된 압박감 때문입니다. 어쩌면 홀연히 여행을 떠난다 해도 진짜 휴식과는 거리가 있습니다. 대부분 끊이지 않는 생각, 미래에 대한 불안과 걱정이 늘 따라다니기 때문입니다.

지극히 편안하고 고요한 내 마음, 진정한 휴식이란 그 마음을 되찾는 것입니다. 잠시라도 내게 그 시간을 주는 용기, 모든 걸 내려놓을 수 있는 용기, 있는 그대로의 내 모습과 마주할 수 있는 용기입니다. 제대로 쉬는 것은 새롭게 시작되는 일상을 더욱 단단하게 만듭니다. 벗어나고 싶었던 생활이 산뜻해진 시선 속에 보다 소중하게 다가오지요.

하지만 휴가만을 기다리며 버티는 시간들 속에서 떠나지 못하는 사람들도 많습니다. 내 주변의 모두가 휴가를 갈 때, 일하는 것만큼 지치는 일도 없지요. 게다가 SNS에 올라오는 지인들의 여행 사진을 보면 휴가조차도 왠지 경쟁에서 뒤처지는 듯한 무력감에 더욱 빠질 수도 있습니다.

내 마음의 풍경을 바꾸고 사랑을 채우는 시간이 필요합니다. 쉽지는 않지만 꼭 해야 하는 일이지요. 여행은 꼭 어딘가로 멀리 떠나는 것만은 아닐 것입니다. 생활에 쫓겨 볼 수 없었던 그리운 사람을 만나 시원한 곳에서 맛있는 음식을 함께 먹기, 주파수가 같은 사람과 좋은 음악을 들으며 그간 밀린 이야기로 마음 나누기야말로 그 어떤 것보다도 삶에 힘이 되지 않을까요. 혼자서 영화 보고, 혼자서 공원을 산책하며 좋아하는 음악을 듣는 것도.

다양한 사회적 관계를 떠나 혼자 떠나는 자신으로의 여행도 무척 매력적입니다. 아무것도 하지 않는 주말의 하루, 반차를 내고 평일의 여유로운 일상 경험해 보기, 선택의 조율 없이 보고 싶은 영화 마음껏 보기, 서점에 들러 시간에 쫓기지 않고 책장 넘기기, 박물관과 미술관 거닐어 보기 등 그동안 하지 못했던 작은 모험을 향한 용기를 가져 보는 것은 어떨까요. 이를 통한 깊이 있는 내면의 대화는 평소 알지 못했던 자신을 발견하게 해 주고 다시 돌아온 일상의 무게를 덜어 줄 것입니다. 내 마음의 풍경을 찾다 보면.

쉬고 싶을 때 쉴 수 있는 용기가
내 마음의 풍경을 바꾸는 시간입니다.
내 마음의 사랑을 채우는 시간이
나를 아끼고 사랑하는 시간이 됩니다.

그대는 정말 소중한 사람이다

사랑한다고 말하게 될 줄은,

이처럼 힘들게 말하게 될 줄은,

그 말이 그토록 아름다운 말인 줄은,

그 말을 하기 전에는 미처 몰랐습니다.

그 말을 하고 나서야 비로소 알았습니다.

"그대만큼 사랑스러운 사람을 본 일이 없다."
참으로 감동적이고 아름다운 말입니다. 그런데 원작을 읽어 이
시 구절을 기억하는 분이 있을지 모르겠습니다. 그리고 이 시
구절은 작년 11월 15일에 시행된 2019학년도 대학수학능력시
험 답안지 수험생 필적 확인 문구인 「편지」김남조의 첫 구절이었
습니다.

고교 3년간 공부한 것을 이날 하루 시험으로 평가받는 수능 시험. 대부분의 수험생들이 엄청난 스트레스를 받으며 치르는 이 수능시험에서 마음의 위로가 되는 이 한 줄의 문구가 잔잔한 감동을 전했다는 것이 네티즌의 평이었습니다. 현재 학교에서, 그것도 고등학교에서 학생들을 가르치면서 매년 치르는 이 수능 시험에서 만나는 필적 확인 문구는 필자에게도 늘 궁금함과 기다림의 대상이었습니다. 올해는 어떤 문구가 추운 날씨 속에서 시험을 보는 우리 학생들에게 따뜻한 온기로 다가올지, 또 전해질지 몹시 궁금했기 때문입니다.

지금 이 이야기가 다소 생소하게 들리는 분이 있을지 모르겠습니다. 2006학년도 수능시험 때 처음 도입된 수능 필적 확인 문구는 애초에 대리시험을 방지하기 위한 목적으로, 부정행위 방지 조치의 하나였습니다. 글자 수는 대체로 약 12~19자의 문장으로 이루어진 것으로 시험지 표지에 제시된 문구입니다. 수험생들은 이 문구를 매시간 OMR 답안지의 정해진 란에 그대로 자필로 옮겨 쓰는 것입니다.

2006학년도 수능 첫 필적 확인 문구는 윤동주 시인의 시 「서시」의 한 구절인 '하늘을 우러러 한 점 부끄럼 없기를'이었습니다. 아마도 그 전년도 수능에서 대규모 부정행위가 발생했던 터라 '부끄럼 없이 시험을 치르라'는 의미가 담겨 있다고 볼 수 있겠지요.

수험생들이 인생에 있어서 가장 중요한 시험을 보기에 앞서 자신의 필적을 확인하기에 매우 중요한 문구이지만 결코 단순 문구가 아닙니다. 이 점은 수능 출제를 주관하는 평가원의 도입 취지 설명을 보더라도 그 중요성이 잘 드러납니다.

수능 필적 확인 문구는 자음과 모음 등이 적절히 섞여 있어 기술적으로 필적 확인을 할 수 있을 뿐만 아니라, 국내 작가의 수많은 작품 중에서도 '맑은', '밝은', '희망' 등 수험생에게 긍정적 기운과 희망을 줄 수 있는 단어가 포함된 문구로 선정하고 있기 때문입니다. 그래서 평가원 직원들을 비롯한 수능시험 출제 관계자들이 3~5배수로 문구의 후보군을 선정한 후, 최종 결정할 정도로 심사숙고하는 문구이기도 합니다.

2007학년에는 '넓은 벌 동쪽 끝으로'정지용 「향수」가, 2008학년도 수능에는 '손금에 맑은 강물이 흐르고'윤동주 「소년」가 필적 확인 문구로, 2009학년도에는 '이 많은 별빛이 내린 언덕 위에'윤동주

「별 헤는 밤」가 나왔습니다. 2010학년도에는 '맑은 강물처럼 조용하고 은근하며'유안진 「지란지교를 꿈꾸며」가, 2011학년도에는 '날마다 새로우며 깊어지고 넓어진다'정채봉 「첫 마음」가 필적 확인 문구였습니다.

2012학년도 수능 필적 확인 문구는 황동규 시인의 「즐거운 편지」의 구절인 '진실로 내가 그대를 사랑하는 까닭은', 그리고 2013학년도에는 '맑은 햇빛으로 반짝반짝 물들이며'정한모 「가을에」, 2014학년도에는 '꽃초롱 불 밝히듯 눈을 밝힐까'박정만 「작은 연가」가 각각 등장했습니다.

그리고 최근 2015학년도에는 '햇살도 둥글둥글하게 뭉치는 맑은 날'문태준 「돌의 배」, 2016학년도에는 '넓음과 깊음을 가슴에 채우며' 주요한 「청년이여 노래하라」, 2017학년도에는 '흙에서 자란 내 마음 파아란 하늘빛'정지용 「향수」이었습니다. 2018학년도에는 김영랑 시인의 「바다로 가자」의 한 구절인 '큰 바다 넓은 하늘을 우리는 가졌노라'가 필적 확인 문구로 나왔습니다. 이처럼 필적 확인 문구는 수험생 본인의 필적을 확인할 수 있으면서, 가급적 수험생에게 힘과 용기, 격려를 주는 문장을 택하는 것으로 여겨집니다.

평소 학생들이 학교에서 치르는 모의평가에서도 항상 필적 확인 문구가 등장합니다. 2017학년도 첫 모의고사였던 3월 모의고사 속 필적 확인 문구는 '넌 머지않아 예쁜 꽃이 될 테니까'로 박치성 시인의 「봄이에게」 중 한 구절로 수험생에게 힘이 되는 문구로 화제가 되었습니다.

2018학년도 7월 모의고사에는 '세상을 지켜 낸 태양보다 값진 오늘'이, 또 10월에 수능을 앞두고 치른 마지막 모의고사에는 '밝고 환한 빛으로 들꽃처럼 환히 웃는 너'가 나왔는데, 김용택 시인의 「참 좋은 당신」의 한 문장을 발췌·각색한 것으로 보입니다. 시의 원문은 '밝고 환한 빛으로 내 앞에 서서 들꽃처럼 깨끗하게 웃었지요'입니다. 이를 두고 일부 수험생들은 너무 길다고 말하기도 했지만 자신을 마음으로 응원해 주는 것 같아 힘이 됐다는 반응도 있었습니다.

앞에서 지금까지 치렀던 수능 시험과 학교 모의고사에 등장하는 필적 확인 문구를 전체적이고 개략적으로 살펴보았습니다. 그런데 그 문구들은 앞서 말한 대로 단순 필적 확인 문구라기보다는 수험생들에게 던지는 많은 의미와 은유가 내포된 명문장이면서 아름다운 표현들입니다. 그렇기에 필자는 수능 시험

의 한 영역인 국어 영역을 가르치는 사람으로서 해마다 결코
쉽게 지나칠 수 없는 부분이었습니다.

"내가 문구를 선정한다면 어떤 문구로 할까?"

평소 혼자 이런 고민을 한 적이 있습니다. 그만큼 이 문구에는
이를 선정한 사람들의 고심이 담겨 있고, 아울러 수험생을 위
하고 사랑하는 마음들이 한꺼번에 녹아 있기 때문입니다. 그러
기에 앞으로는 많은 수험생들, 우리 학생들이 이 문구 하나로
더 힘을 얻어 부담이 큰 수능 시험도 보다 편안하게 치르고 좋
은 결과를 얻었으면 하는 마음 가득합니다.

"초록이 흐르는 이 계절에 / 무성한 사랑으로 서 있고 싶
다."문정희「찔레」, "씨앗을 품고 공들여 보살피면 / 언젠가 싹
이 돋는 사랑은"성미정「사랑은 야채 같은 것」, "별을 보고 걸어가
는 사람이 되라. / 희망을 만드는 사람이 되라."정호승「희망을
만드는 사람이 되라」, "자세히 보아야 예쁘다. / 오래 보아야 사
랑스럽다. / 너도 그렇다."나태주「풀꽃」, "그대가 가는 길이
아름다운 꽃길이다."명문구 인용 등입니다.

좋은 말과 좋은 글은 언제나

사랑하기에 적당하고 알맞도록

사람 사는 세상을 따스하게 만듭니다.

사랑, 저 안개처럼 다가오다

사랑은 머리로 하는 것이 아니다.

뜨거워진 서로의 이마를 맞대는 것이다.

내가 쓰고 남는 것을 주는 것이 아니다.

네가 아프고 슬플 때에, 그리고 없을 때에

그 없는 것도 채우고 보태는 것이다.

오월의 봄 햇살이 고요처럼 내려앉는 정오의 시간, 기나긴 묵상에 잠긴 용산 전쟁기념관 평화의 광장에 나라 사랑의 마음을 가진 햇살과 바람이 방문자를 환영하는 기념관 입구에 우뚝 서 자리한 '형제의 상像'을 감싸 돌고, 그들을 바라보며 한 걸음 한 걸음, 조심스레 발걸음을 옮길 때마다 순간 점점 뜨거워지는 몸의 피와 내 왼쪽 심장이 쿵쾅쿵쾅 요동친다. 절로 순국선열과 호국영령께 머리를 숙인다. 아, 내 나라! 조국이여!

오늘 찾아간 유월의 전쟁기념관은 온통 짙은 푸른빛이다. 155마일 휴전선에서, 그리고 저 임진강과 한강을 넘어 불어온 바람과 함께 다시 새로운 푸른 전투복으로 갈아입은 듯한 전쟁기념관의 나무들. 기념관의 넓게 펼쳐진 분수와 평화의 광장. 그리고 기념관 곳곳에 둥그렇게 솟아 자리 잡고 있는 상징적인 수많은 각종 조형물들까지, 저마다 그 역사와 위용을 자랑하며 여름 햇살에 빛나고 있다.

기념관의 잘 조성된 나무들 아래 그저 거닐고 서성거리기만 해도 전쟁의 섬뜩함보다도 내 몸에 맑디맑은 싱그러운 계절의 향기와 수액이 도는 듯한 봄처럼 화창한 날씨다. 문득 이 아름다운 내 나라 대한민국, 이 땅 위에서 이렇게 행복한 봄과 여름을 맞고 있음을 순국선열과 호국영령께 한없이 감사하는 마음 금할 길 없다. 그러나 또 한편으로는 그들에게 한없이 죄스러운 마음이 드는 것은 무엇 때문일까?

내 발걸음은 기념관 정문 입구에 세워진 '형제의 상'이 내 시선을 좀 더 오래 머물게 했다. 6·25한국전쟁 당시 국군 복장을 한 형과 아직 소년티를 벗지 못한 북한 인민군 복장을 한 동생이 서로 부둥켜안고 울부짖는 모습의 안타까운 그 동상 앞에 나는 한동안 숨을 멈추고 망연히 쳐다보았다. 남과 북으로 갈라져 한국전쟁 당시 실제 있었을지도 모를 안타까운 저 형제의 슬픔이 지금 시간과 공간을 넘어 내게도 전해지고 있음을 알았다. 수천 마디의 말로 대신할 필요도 없이 그저 그대로 남과 북, 동족상잔의 비극을 생생히 보여 주는 그들을 보는 순간 심장은 요동치고 가슴속은 뜨거운 그 무언가로 점점 달아오름을 느낀다.

처음 평화의 광장 입구에 세워진 '형제의 상像'이 내 발걸음을 천천히 멈추게 했다면, 그다음 발걸음은 물론 생각마저 완전히 멈추게 만든 것은 관람한 이 기념관의 많은 전시실과 전시장, 체험관 그 어떤 곳도 아니었다. 바로 본관 1층 현관 왼쪽 로비에 건립된 우리 국군 용사와 유엔 참전국 용사들의 이름이 새겨진 '전사자 명비'가 있는 회랑이었다. 참전 국가별로 청동판에 빼곡하게 새겨진 수많은 이름들을 본 순간 가슴이 먹먹해졌다. 이렇게 많은 세계 각국의 꽃다운 젊은이들이 전쟁 때문에 전사하고 희생되었다는 사실에, 그 충격에 숨이 턱하고 막힐 만큼 숙연해지는 나를 발견할 수 있었다.

순국한 이 땅의 국군 용사들은 가족을 지키고 자유 수호를 위해, 우방국을 돕기 위해 온 참전 용사들은 우방국으로서 침략국의 적군을 물리치기 위해서 사랑하는 조국을 떠나 머나먼 타국에 와서 고향과 가족을 그리워하다 끝내 귀향, 귀국하지 못하고 산화한 그들을 생각해 본다. 더욱이 당시 치열한 전투 중 순국 산화하여 지금도 이름 없는 어느 산야山野에 묻혀 있기도 할 무명용사無名勇士 당신을 생각한다.

세상은 당신들의 죽음을 '값진 희생'이라 말하지만 사실 내게는 당신에 대한 인간적인 안타까움이 훨씬 크게 다가온다. 이 땅 내 나라와 세계의 자유 수호를 위해 조국의 부름을 받아 목숨을 바친 당신의 숭고한 애국정신을 높이 사는 것은 당연하지만, 나라를 위해서는 목숨을 던질 수밖에 없었던 당신 또한 한 시대의 무고한 희생양이기 때문이다.

더군다나 무수한 세월이 흘렀음에도 당신의 유해가 고향의 가족과 조국으로 돌아가지 못 하고 여전히 이름 없는 어느 묘소, 혹은 그마저도 없는 어느 산야의 차가운 땅속에 묻힌 채 여전히 아직 하나가 되지 못 하고 분단 상태인 이 나라를 지켜보고 있는 국군용사와 참전국 용사들도 있을 것이다. 사실이 그렇다면 아마도 통탄하는 마음을 차마 금할 수 없다.

여기 청동판에 이름 두 자, 석 자 등으로 남아 있는 당신과 같은 국군 용사, 참전국 용사는 물론 수많은 이 땅의 순국선열 및 호국영령의 숭고한 희생정신을 우리 후손들이 기리고 애국정신을 본받는 일은 너무나 당연하다. 그리고 다시는 끔찍한 전쟁이 이 땅에 일어나지 않도록 노력해야 한다.

과거에 일어났던 한국전쟁을 비롯한 여러 전쟁이 대개 우리의 의지와는 상관없이 인접한 다른 나라의 침략에 의해 일어났던 만큼, 나라의 힘을 키워 남의 나라가 내 조국에 대한 침략 가능성을 원천봉쇄하는 것이 무엇보다 중요하다. 그러기 위해 바로 이 나라와 이 땅의 어린아이들, 학생들과 젊은이들이 장차 이 나라를 이끌어 나가는 동량棟梁으로 자라나고 성장해야만 한다.

한국전쟁 당시 젊은이들과 학생들이 군인과 학도병이 되어 참전하여 나라를 위해 싸웠다면, 이제는 그러한 전쟁이 일어나기 전에 나라의 힘을 키우는 것이 젊은이들의 몫이다. 이에 학생은 학생대로, 사회인은 사회인대로 각자의 주어진 분야에서 자신의 맡은 책임과 소임을 다할 때, 최선을 다할 때 두 번 다시 우리에게 국가적 재난과 재앙은 오지 않을 것이다. 더불어 국가는 발전하고 자연히 국력도 성장할 것이다. 당장 이 시간부터 나 자신도 대한민국 국민의 일원으로서 나라를 위해 작은 것이나마 할 수 있는 일을 해 보려 한다.

얼마 전, 남북 이산가족상봉 대상자로 선정된 90대 노인이 상봉 예정일 6일을 앞두고 갑자기 세상을 떴다는 뉴스 보도를 접하고 많은 사람들이 안타까움을 금하지 못했다.

바야흐로 일 년 중, 가장 아름다운 봄이 가고 여름이 다가오는 계절이다. 산들산들 불어오는 시원한 바람이 포근하고 그렇게 좋을 수가 없다. 이 글은 한국전쟁 당시 우리의 산야에서 숨져간 국군 용사, 참전국 용사 당신들에게 보내는 감사의 편지다. 그리고 내 자신의 마음과 각오를 새롭게 하는 내 나라, 내 조국에 대한 사랑의 연서戀書이기도 하다.

이른 아침, 국립현충원의 수많은 비석

그 머리 위에 내려앉은 새벽안개

안개가 엷은 햇무리 같이 비석을

감싸 도는 것은 영령들을 추모함이다.

조국 사랑은 언제나 고요한 안개처럼

우리들 가슴에 물밀 듯 밀려온다.

낯선 풍경

감칠맛은 없어도 늘 아련하게 된장찌개처럼

문득 소용돌이치며 그리움으로 다가오는 너는

평생 잊히지 않고 은은하게 미더운 모습으로 다가온다.

고향. 우리 모두에게 있어 막연한 어떤 그리움. 그 향수鄕愁는 어쩌면 잃어버린 보물이나 유년 시절 놓쳐 버린 무지개를 찾으려는 몸부림이다. 그것은 돌이켜 볼수록 보고 싶고 가고 싶은, 반추해 볼수록 언제나 내겐 지워지지 않는 그리움으로 남아 가슴 한구석을 찡하게 한다. 숨결마다 마디마디 혈관마다 그리고 심장 깊숙한 곳까지 차올라 한시라도 제자리에 멈추지 못하는 삶의 수레바퀴가 되어 내 기억의 한 자리를 차지한다.

지금도 슬며시 눈 감으면 내 고향의 사랑방 아궁이에서는 쇠죽 여물을 끓이는, 부뚜막 아궁이에서는 저녁밥 짓는 불쏘시개들이 활활 타오르는 모습이 눈에 선하다. 외양간에 매어 놓은 암소는 긴 혀로 새끼를 핥아 주는지 워낭소리를 심심치 않게 울리고, 가마솥에서 밥 익는 구수한 냄새가 지금도 코끝에 밀려온다. 그 고향을 잃어버렸다. 그러자 내 사랑도 떠나갔다.

아이들만 꾸는 줄 알았던 무서운 꿈을 어른이 돼서도 꾼다. 꿈마저 흔들리는 새벽에 눈을 뜨면 항상 생소한 객지에 있었다. 돌이켜 보면 마치 거대한 공룡 같은 이 도회지의 텅 빈 가슴속에서 짐짝처럼 구겨져 살아온 날들. 뭐가 그렇게 바쁜지 하루하루 종종걸음으로 헐떡이며 힘겹게 지나쳐 온 몇 개의 산과 강, 매일 새로 피어나고 시드는 일상 속에 숨이 가쁜 희망과 절망의 연속이었다. 이젠 그리 슬프지도 기쁘지도 않은 향기마저 사라진 시든 꽃들과 한쪽이 기울고 허물어졌던 나무들의 이야기 다 훌훌 털어 버리기 위해 집 앞의 남한산성에 오른다.

햇살은 희미하게 나무사이를 비집고 들어오고 소나무 가지는 오히려 그 가지의 무게감으로 힘겨워하며 휘어지게 늘어져 있다. 순간 회색빛 물감으로 겉물이 든 이 도회지에서 불어온 바람은 은빛 비늘이 돋친 손으로 보랏빛 하늘빛 닮은 가을꽃의 어린 볼 스치며 조금씩 내 가슴에 상처를 내고 간다.

산을 오를수록 상수리나무 단풍나무 벗나무 이제 막 붉고 누른 얼굴의 빛깔들, 곱게 물들여 주는 가을 하늘엔 새로 핀 새털구름 하나가 내 그리운 마음을 담아 오늘도 저 남녘땅으로 떠가고 있다. 얼마큼 더 어디까지 멀리 떠밀리고 부서지며 깨어져야 그리운 고향에 도달하고 그곳에 가면 아직도 당신이 남긴 사랑의 온기는 남았을까.

나이 들어 갈수록 고향 가는 길은 점점 낯설어진다. 맘속으로만 설레는 기쁜 걸음 달리고 달리다 보면 저기 고향집 사랑채 툇마루에 우두커니 앉아 계신 아버지의 모습이 나지막이 보인다. 마당에는 쉼 없이 일손을 놀리는 어머니의 뒷모습도 익숙한 풍경이다. 그 굽은 허리로 한 세월 지탱하고 버텨 오며 늘 어느 한구석이 그늘로 젖어 있던 당신의 그 거친 손 잡아 볼 때면 언제나 소스라치게 밝아 오던 유년 시절의 기억이 다시 도드라지며 살아난다. 어둑새벽에 삽을 메고 나가시던 나무 등걸 같은 아버지의 어깨는 지금도 내 혼곤한 잠을 깨워 흔드는 눈 시린 뒷모습이다.

고향을 떠올리면 언제나 꿈을 꾼다.

당신의 뒷모습 짙푸른 하늘로 되살아나고

다시 그 흔적을 찾아 오늘도 산을 오르는

내 영혼의 한 점 그리움과 추억을 불사른다.

특별한 마무리

오늘 내 스스로 나를 사랑하는 방법과

내가 내 삶을 오롯이 사랑할 수 있는 방법을 배웠다.

그래서 사랑하는 사람들을 위해 사랑의 말을 남겨 두고 싶다.

어느 순간이 내 삶의 마지막이 될지 모르기 때문에.

한 캐나다 여성의 「특별한 부고訃告」가 최근 여러 외신을 통해 전해졌다. 이 여성이 숨지기 전 직접 작성한 글이 현지 매체에 실렸고, 이를 미국 등 복수의 해외 언론이 다루면서 화제가 됐다. 바로 이 이야기의 주인공인 베일리 매더슨은 지난 4월에 불과 35세의 나이로 세상을 떠났다. 그녀는 2017년 1월에 희소암 중 하나인 '평활근육종' 판정을 받았다. 곧장 방사선 치료에 돌입했지만 차도가 없었다. 여러 차례 복통을 느껴 찾은 병원에서 단순 근육통이라는 진단을 받았고, 결국 악성 종양이 발견될 때까지 치료시기를 놓친 게 문제였다.

얼마 지나지 않아 그녀의 삶이 2년밖에 남지 않았다는 시한부 선고까지 내려졌다. 그녀는 선택의 기로에 놓였다. 의사는 항암 치료를 권유했지만 매더슨의 생각은 달랐다. 매더슨은 모든 치료를 중단하고 세계 곳곳을 여행하기로 했다. 미국, 영국, 아일랜드, 노르웨이, 크로아티아 등 13개국을 여행했다. 암 판정을 받기 3개월 전, 데이트 앱을 통해 만난 남자친구 브렌트 앤드류도 대부분의 여정에 동행했다. 매더슨의 절친한 친구 줄리 캐리건도 함께였다.

매더슨의 글은 35년 동안의 삶은 길지 않을지도 모르지만 정말 좋았다는 문장으로 시작된다. 매더슨은 먼저 자신의 결정을 지지해 준 부모를 언급했다. 그녀의 부모님은 그녀가 항암치료를 받지 않고 남은 인생을 살 수 있도록 그녀의 선택을 지지해 줬다. 그 모습을 지켜보는 것, 그리고 그 과정을 겪도록 하는 것이 얼마나 힘들었을지 안다며 부모를 더욱 사랑하게 됐다고 말했다.

매더슨은 친구들에게도 감사한 마음을 전했다. 특히 남자 친구 앤드류에게 당신은 정말 놀라운 사람이라며 형언할 수 없을 만큼 사랑한다고 했다. 자신이 삶을 진정으로 사랑한 것을 모두에게 알리고 싶어 했다고 마지막에 덧붙였다. 끝으로 글은 '작은 것에 지나치게 연연하지 말고 인생을 좀 더 즐겨라.'라는 문구로 마무리됐다.

누구나 어느 날 갑자기 암 판정을 받게 되면 자신이 죽을지도 모른다는 생각에 불현듯 끝과 깊이를 모를 두려움과 무서움에 사로잡힌다. 어쩌면 그런 생각이 드는 것은 너무도 당연한 인지상정이다. 그러나 그러한 상황이 실제 내게도 닥친다면, 게다가 피할 수 없는 일이 되고 말았다면 슬픔과 비관에 빠져 있기보다는 인생의 가치관도 바꾸면서 주어진 삶을 최대한 즐기는 쪽으로 생각을 바꾸어 보는 것은 어떨까.

그녀가 마지막에 말했던 '작은 것에 지나치게 연연하지 말고 인생을 좀 더 즐겨라.'라는 말, 정말 우리가 쉽게 흘려들을 수 있는 말이다. 어쩌면 별거 아닌 말일 수 있지만 가슴에 한 번 새겨 보면 어떨까. 시한부 삶을 선고 받은 상황에서는 결코 쉽지는 않겠지만, 그래도 앞의 베일리 매더슨이 했던 말을.

오늘부터 당신의 따스함을

처음 보는 다른 사람과도 나누면 좋겠다.

그리고 작은 것들의 아름다움에도

사랑의 눈길을 주고

귀를 기울였으면 더욱 좋겠다.

떠난 뒤, 비로소 안다

나비 한 마리가 바람이 물어 온 꽃향기 속으로
남쪽 바다의 유채꽃 속으로 훨훨 날아갔습니다.
어머니도 유채꽃 향기 따라 긴 여행을 떠났습니다.

"질화로 위에는 나를 기다리는 어머니의 찌개 그릇이 있었
고, 사랑방에서는 밤마다 아버지의 담뱃대 터시는 소리와
고서古書를 읽으시는 소리가 화로를 둘러 끊임없이 들렸었
다. 그러나 내가 다섯 살 되던 해에 그 소리는 사랑에서 그
쳤고, ……어머니마저 내가 열두 살 되던 해에 그 질화로 옆
을 길이 떠나가시었다. 그리하여 서당 아이는 완전한 고아
가 되어, 신식 글을 배우러 옛 마을을 떠나 동서로 표박漂
迫하게 되었고, 화로는 또다시 찾을 수 없는 어머니의 사

랑과 함께 영영 잃어버리고 말았다.”

양주동 박사는 앞의 「질화로」라는 수필을 통해 부모님께 사랑
받았던 유년 시절과 부모님을 여읜 뒤에 부모님의 따뜻한 사랑
을 그리워하고 있다. 그러나 한번 떠나간 어머니의 사랑은 또
다시 우리 곁을 찾아오지 않는다. 이 세상에 부모의 자식 사랑
보다 더 절절한 사랑이 있을까. 자식이 아프면 그 옛날이나 지
금이나 우리네 어머니들은 아픈 아이를 안고 하루 스물네 시간
씩 일주일이든 열흘이든 그 고생을 마다않고 견딘다. 자식 걱
정에 온밤을 뜬눈으로 지새우다 보니 입안이 다 터져 물 한 모
금도 제대로 삼키지 못한다.

내 유년 시절, 몸살감기를 유독 심하게 앓았다. 고열로 인해
심하게 앓다가 문득 눈을 떠 보면 어머니는 말없이 내 얼굴을
뚫어지게 들여다보고 계셨다. 그 눈은 이 세상에서 가장 슬픈
눈이고 걱정스러운 눈이며, 가장 간절한 기원이 담긴 그런 눈
이었다. 비록 어린 나이였지만 나는 어머니의 그 눈을 결코 잊
지 못한다.

257

바릿밥* 남 주시고 잡숫느니 찬 것이며

두둑히 다 입히고 겨울이라 엷은 옷을

솜치마 좋다시더니 보공補空*되고 말아라.

우리네 어머니들은 다 그랬다. 평생 자식들에게 따뜻한 밥을 해서 먹이느라 당신은 늘 찬밥을 먹고, 한겨울에도 자식들만 두둑하게 옷을 입히느라 당신은 엷은 옷만 입었다. 정인보 선생의 시조 작품 「자모사慈母思」에서 어머니는 추운 겨울엔 솜치마가 좋다고 입버릇처럼 말하면서도 정작 아끼느라 입지 않으셨다. 그 어머니는 돌아가신 뒤에야 비로소 솜치마를 보공으로 가까이하게 되었다는 이야기가 나온다. 좀 더 일찍 알지 못했던 어머니의 사랑에 대한 자식으로서 슬픔과 안타까움의 표현이다.

어느 날 갑자기

떠난 뒤에야,

비로소 아는 것이 사랑이다.

바다의 사리가 소금이라면

어머니의 사리는 사랑이다.

*바릿밥: 바리(놋쇠로 만든 여자의 밥그릇)에 담아 둔 밥

*보공補空: 관棺의 빈 곳을 채우는 옷

시, 수필, 소설이 되다

마음으로 주는 사랑은 달콤하지만 또 다른 마음이 아프다.

상대가 몰라주는 내 사랑은 너무나 슬프고 아프기 때문이다.

그래도 내 사랑은 아름다운 진주를 만들고 보석으로 만든다.

아름다운 시가 되고 수필이 되며 그리고 소설이 되게 만든다.

이런 생각을 문득 한 적이 있다. 생명이 없는 기계도 사랑을 알까. 사람이 주는 사랑을 마음으로 알고 가슴으로 받아들일까. 아무리 생각해도 생뚱맞고 순진하기 이를 데 없다. 한마디로 엉뚱하다.

얼마 전, 모두가 신기해할 만한 놀라운 보도가 있었다. 우리나라 대표적인 P제철소에서는 직원들이 기계에 감사 스티커를 붙이면서 "고장이 없어서 고맙다"는 인사를 전했다. 누가 보더라도 기계가 말을 알아들을 리 없었기에 감사 인사를 하면서도 기계 고장률이 낮아질 것이란 기대를 거의 하지 않았다. 그런데 시간이 흐르자 거짓말처럼 기계의 고장률이 떨어지기 시작했다. 정말 자신을 사용하는 사람의 고맙다는 말에 기계가 응답하고 보답이라도 한 것처럼.

우리는 좋은 음악과 긍정적인 언어를 듣고 자란 식물이 아예 음악을 듣지 않고 부정적인 언어를 듣고 자란 식물에 비해 더 잘자란다는 실험을 익히 수차례 들어 본 적이 있다. 실제로 P제철소에서는 기계에 감사 스티커를 붙이기 전에 긍정적인 언어의 중요성에 대한 실험을 실시했다고 한다.

실험은 양파를 두 개씩 준비한 뒤 하나에는 '감사합니다'와 같은 긍정적인 말을, 다른 하나에는 '짜증난다', '미워 죽겠다' 등의 부정적인 말을 들려주는 식으로 진행됐다. 그 결과 놀랍게도 긍정적인 말을 들은 양파는 싹이 빨리 자랐고, 부정적인 말을 들은 양파는 싹이 거의 나오지 않았다. 이 신기하고 놀라운 실험 결과를 바탕으로 회사는 긍정적인 말과 행동으로 직원들의 근무 만족도와 행복도를 높이는 노력을 하고 있다.

그렇다면 어찌해서 P제철소는 기계의 고장률이 낮았던 것일까. 그 비결은 따로 있었다. 그것은 다름 아닌 설비를 관리하는 현장 직원들이 감사 인사를 붙인 기계에 이전보다 더 관심을 보였기 때문에 고장률이 이전보다 줄어들었던 것이다. 기계에 보인 '관심'은 말할 것도 없이 '사랑'이다.

직원들은 감사 운동을 생활화하면서도 정비를 할 때마다 더 애정을 가지고 기름칠을 하고 설비 체크도 꼼꼼히 했던 것이다. 그리고 기계에 감사하는 운동이 좋은 성과를 내자 직원들은 기계의 부품 하나하나에도 감사를 표시하기 시작했던 것이다. 예를 들면 기계를 분해하여 청소할 때 밸브에 '가스를 잘 찾아내 줘서 감사하다'는 뜻을 전달하는 식으로.

사랑의 힘은 무생물인 기계의 마음을 움직일 만큼 대단하다. 당장 내 방에 있는, 내 주위에 무심코 방치되어 있는 물건 하나라도 관심의 마음을 주고 사랑의 눈빛을 보내 주면 어떨까. 내 옆에 있는 친구, 가족에게도. 그리고 나아가서 내 주변에 있는 모든 사람에게도 따스한 눈길을 주고 관심을 가지면 하루가 다르게 자라고 또 자라서 사랑이 된다. 그리고 그 이야기는 시가 되고, 수필이 되며, 소설이 된다.

사랑의 힘, 그 무한한 힘

아, 그것을 알려고 하면 안 된다.

사랑은 영원한 비밀이기 때문이다.

하늘이 사랑을 내리다

사람과 사람 사이에는 지켜야 하는 선線이 있다.

비록 눈에 보이지 않지만 그 선은 분명히 존재한다.

그 선은 서로를 가르고 나누는 선이 아니다.

서로 존중하고 서로를 아끼고 사랑하기 위한 선이다.

부모와 자식 사이에도 보이지 않는 그 선으로 이어져 있다.

끊으려야 영원히 끊어지지 않을 그 선으로 이어져 있다.

우리가 추앙하는 위인들의 뒤에는 반드시 훌륭한 어머니가 있었습니다. 율곡 이이 선생의 어머니 신사임당, 백범 김구 선생의 어머니 곽낙원 여사 등이 그렇습니다. 이 글에서 말하고자하는 세종대왕의 어머니는 원경왕후 민씨입니다.

민씨는 어려서부터 성품이 조용하고 고결했을 뿐만 아니라 총명함과 지혜가 남달랐다고 전합니다. 민씨는 열여덟 살 때 후일에 태종이 된 이방원과 혼인했습니다. 이때 당시 이방원의 나이는 열여섯 살이었으며, 그해 이방원은 과거에 급제했습니다. 민씨는 내조를 잘해 남편이 왕위에 오르는 데 큰 공을 세웠고, 민씨가 낳은 셋째 아들 충녕대군이 조선의 제4대 임금 세종대왕입니다.

전해 오는 기록에 따르면, 앞서 말한 민씨는 그의 부친인 민제閔霽에 대해 효심이 지극한 것으로 유명했습니다. 민씨는 이후 1420년 세상을 뜨기 전 5월 27일부터 학질을 앓았다고 합니다. 학질은 말라리아로 모기를 통해 전염된다는 것은 널리 알려진 사실입니다.

다소 전문적인 이야기지만 말라리아균이 몸에 들어가 번식하는 데 2주 정도 잠복합니다. 그리하여 발병하여 발작이 시작되면 춥고 떨리며, 열이 40℃ 이상에 이른다고 합니다. 이후 발작과 회복을 반복하며, 심한 경우 환자는 혼수상태에 빠집니다. 민씨의 증세가 심해지자 세종은 거의 50일간 수라밥도 잘 들지 않고 잠도 제대로 자지 못하면서 간호에 온갖 심혈을 기울였다고 전합니다. 그리고 손수 약사여래불교에서 중생의 질병을 고쳐 주는 약사 신앙의 대상이 되는 부처에게 기도를 밤낮으로 올렸습니다.

한번은 양녕대군, 효령대군과 함께 병을 고치기 위해 경기도 구리에 있는 사찰인 개경사로 어머니 민씨를 모시고 갔습니다. 그리고 술사둔갑법術士遁甲法을 썼다고 합니다. 즉 도교의 술사에게 사람을 보이지 않게 하는 요술을 부리게 한 것입니다. 오늘날엔 학질은 병균 때문이지만 예전 사람들은 학질을 귀신이 들린 것으로 생각했습니다. 그래서 둔갑술을 써서 귀신을 따돌리려 한 것입니다. 지금 우리가 일상생활에서 '매우 힘든 상황'의 의미로 사용하는 '학을 뗀다'는 우리말 표현도 여기서 나왔다고 합니다.

아들 세종이 어머니를 낫게 하기 위해 사용한 이 방법은 정말 귀신도 모르게 해야 하기 때문에 신하들은 왕이 어디에 있는지도 몰랐다고 합니다. 아버지 태종에게도 가는 곳을 알리지 않았습니다. 오늘날의 관점에서 말하면, 즉 국가의 입장에서는 비상사태였습니다. 세종 임금의 이러한 노력에도 어머니 민씨의 병세는 도무지 차도가 없었습니다. 그때부터 세종 임금은 어머니를 모시고 한 달도 넘게 천지사방을 헤매고 다녔다고 합니다.

병에 좋다는 갖은 방법을 다 썼으며 심지어 민간의 주술 요법도 사용했습니다. 그만큼 세종 임금의 효심은 지극했습니다.

당시 우리나라는 지방마다 학질을 떼는 다양한 방법이 있었습니다. 그중에서 사용한 강원도 지방에서 전해 오는 민간 주술 요법은 해가 동쪽에서 돋을 때 동쪽으로 뻗은 복숭아 가지를 잘라서 세워 놓고 때리면서, "가거라! 가거라! 가거라!" 하고 세 번 외치는 것이었습니다.

세종 임금은 밤낮으로 어머니를 모시고 잠시도 그 곁을 떠나지 않았습니다. 어머니에게 올리는 탕약은 친히 맛보지 않으면 드리지 않았습니다. 병환을 낫게 할 수 있는 일이면, 어떤 일이든 하지 않은 것이 없었습니다. 그러다 보니 병구완을 하느라고 제대로 먹지를 못해 얼굴이 많이 초췌해지기도 했습니다.

세종 임금은 원래 고기가 없으면 밥을 먹지 못했다고 합니다. 그런데 병드신 어머니를 생각하며 고기를 일절 입에 대지 않았으니 안색이 초췌해질 수밖에 없었습니다. 보다 못한 아버지 태종이 "대비의 병이 비록 염려되나, 주상이 어찌 먹지 않을 수가 있느뇨. 이후는 힘써 식사를 하여 늙은 나에게 효도하라."

고 말하기까지 했다고 합니다.

아들의 눈물겨운 효심에도 불구하고 민씨가 세상을 뜨자 세종은 머리를 풀고, 신발을 벗고, 거적자리 위에 엎드려 부르짖으며 밤낮으로 통곡했습니다. 이때가 여름 장마철이었습니다. 예전에는 부모가 돌아가시면 자식은 죄인이라 생각해 누추한 곳에 거처했습니다. 이에 세종도 여차초막에 거처했는데, 장마철이라 폭우가 쏟아졌습니다.

보다 못한 신하들이 "바람과 비가 함께 휘몰아치는데, 여차는 작고 좁으니" 제발 거처를 옮기라고 애원했습니다. 그러나 세종은 "모후께서 병환이 드시매, 주야로 근심하고 두려워하여 낫기를 바랐으나, 마침내 효험을 얻지 못 하고 이에 이르렀다. 이 몸의 죽고 사는 것은 감히 돌아볼 바가 아니다."라고 눈물을 흘리며 신하들의 말을 듣지 않았다고 합니다.

세상이 하루가 다르게 변하고 그 속에 살고 있는 사람들의 인심이 너무나 변화무쌍함을 '염량세태炎凉世態'에 빗대어 말하지만, 예나 지금에 위인이나 영웅치고 효심이 부족한 이가 있었을까 싶습니다. 아무리 세상이 변하고 웃어른에 대한 공경심이 사라지고 있다고 하지만 그래도 인간됨을 말하는 본바탕을 말할 때, 이 효孝를 빼놓고 말할 수 있는 근거는 없지 않을까요.

우리가 '내리사랑'이라 말할 때는 손윗사람이 손아랫사람에 대한 사랑을 말합니다. 특히 자식에 대한 부모의 사랑을 말합니다. 그런데 언젠가부터 부모에 대한 자식의 효, 그 마음인 효심이야말로 진정한 내리사랑이라는 생각이 들었습니다. 왜냐하면 한 가정에서 자식인 아버지, 어머니가 할아버지, 할머니를 지극정성으로 모시며 효를 실천할 때 그것을 옆에서 지켜보는 손자, 손녀는 어떤 마음이 들까요.

옛이야기에 '늙은 어머니를 지게에 지고 가서 깊은 산중에 지게와 함께 버리고 오는 아버지를 본 그 아들이 아버지도 늙으면 자신도 그 지게를 사용해야 하기 때문에 지게는 집에 도로 가지고 가자고 했다'는 '고려장高麗葬'을 군이 들먹일 필요도 없습니다. 현대판 고려장이 횡행하는 시대를 우리는 살고 있으니 말입니다.

부모의 효심을 지켜본 자식이 다시 효를 행할 가능성은 아무래도 보지 못한 자식들보다는 높습니다. 그런 의미에서 부모의 참된 자식 사랑은 많은 재산을 물려주고 물질적으로 넉넉한 삶을 살도록 해 주는 것은 아니라고 봅니다. 오히려 물질적인 풍요의 유산이 아닌, 정신적인 풍요의 유산인 효를 물려주어 그 자식, 그리고 그 자식의 자식이 사람답게 살아갈 수 있는 가르침이 오히려 큰 유산입니다. 부모로서 자식 사랑을 생각해 볼 때입니다.

세종 임금의 지극한 효성을 보면 감동입니다. 세종 임금은 효를 몸소 실천했고 그런 마음을 가지고 재위 기간에 나라와 백성을 다스렸습니다. 이러한 세종은 우리 민족의 자랑거리이자 위대한 임금, 성군으로 추앙받는 것입니다. 요즘 같은 세태에서는 그 시사하는 바가 자못 큽니다.

세종대왕은 하늘이 분명 우리 민족에게 내린 선물이 아닐까요. 효는 애초에 부모의 자식에 대한 진정한 내리사랑입니다. 그리하여 그 효는 대물림하는 것입니다.

사랑은 말없는 침묵입니다.
특히 부모의 자식 사랑은
유난히 더욱 그러합니다.

어떤 사랑법

시간이 흐르면 다 해결되겠지, 하지만
시간의 힘만으로는 해결 못 할 일들을,
사랑이 해결해 주는 일들이 가끔 있다.

"저보고 금수저를 물고 태어났다고 한다. 특별하게 살아온
것을 부인하지 않겠지만 책임감도 컸다. 금수저를 물고 있
느라 이가 다 금이 간 듯하지만, 그동안 쌓은 경험과 지식
을 회사 밖에서 펼치려 한다. 이제 청년으로 돌아가 새로
운 창업의 길을 가겠다. 새 일터에서 성공의 단맛을 볼 준
비가 돼 있다. 까짓거 마음대로 안 되면 어떤가. 이젠 망
할 권리까지 생겼는데 특권도 책임감도 내려놓겠다."

작년 11월, K그룹 L회장이 갑자기 그룹 경영에서 손을 떼겠다고 선언한 그의 마지막 변辯이다. 재벌기업 오너 경영인이 어떤 예고 없이 퇴진하는 경우는 그리 흔치 않은 일이다. L회장은 회사의 포럼 말미에 손을 들어 발언권을 얻은 뒤, 연단에 올라 폭탄선언을 내놨다. 검은색 터틀넥 셔츠에 청바지 차림으로 연단에 오른 아직 젊은 L회장은 "오늘 내 옷차림이 색다르죠? 제 얘기를 들으면 왜 이렇게 입고 왔는지 이해가 갈 겁니다."라고 말한 뒤 준비한 편지를 읽었다.

그는 이 글에서 "내년부터 그동안 몸담았던 회사를 떠난다. 지금 아니면 새로운 도전의 용기를 내지 못할 것 같아 떠난다. K그룹 회장직과 대표이사, 이사직도 그만두겠다. 앞으로 그룹 경영에는 일절 관여하지 않을 것"이라고 말했다. 편지를 읽는 동안 L회장은 스스로 감정이 몹시 복받친 듯 목소리가 다소 파르르 떨렸다.

수만 명의 종업원을 거느리고 부富를 지닌 재벌총수라는 자리는 임명되지 않은 권력이다. 총수의 자리는 마치 이조시대의 왕처럼 죽기 전엔 절대 그 자리를 내놓으려 하지 않는다. 돌이킬 수 없는 범법 행위나 사회적 지탄을 받을 도덕적 해이라는 일탈 행위를 하지 않은 상태에서 그런 권력과 젊음을 지닌 총수가 선뜻 자리를 스스로 박찼으니 뉴스가 되는 것이다. 우리가 잘 아는 L그룹의 S명예회장은 90세가 넘어도 은퇴하지 않았다. 우리는 여타 그룹의 여러 회장들의 마지막 장면을 기억하고 있다.

L회장은 평소에도 '내가 그룹의 걸림돌이 된다고 느끼는 순간 경영에서 손을 떼겠다.'고 말해 왔다. L회장의 은퇴 선언 소식에 네티즌들도 '정말 멋진 분이다. 감동적이다.'라는 반응이 많았다. 대체로 놀랍고 신선한 느낌이라고 말하고 있다. 정말 L회장의 말처럼 말 그대로라면. 그의 말처럼 그의 속마음도 그대로라면.

마이크로소프트의 빌 게이츠가 50대에 물러났고 마젤란 펀드의 피터 린치 같은 이는 40대에 나는 다른 인생을 추구하겠다며 이태백이 달 좇듯 표표飄飄히 떠나갔다.

L회장의 고별사 내용이 시종 밝은 색채로 인생의 소신을 당당하게 펼침으로써 모든 항간의 의심을 눈 녹듯 사라지게 했다. 그것은 어쩌면 차라리 마르쿠스 아우렐리우스의 고백론을 닮

아 있다. 물러나는 L회장을 보면 평범한 사람들의 생각과 달리 총수의 일생은 모파상의 여자의 일생처럼 그리 행복하기만 않은 모양이다.

사랑은 시간이 흐르고 세월이 흘러도

여전히 말로 다하지 못할

그 어떤 것이 있다.

위대한 것을 품고 있다.

사랑에는 정해진 공식이 없다.

사랑은 하루하루

새롭게 써나가는 일기다.

기다리지 않고 찾아가는 사랑

사랑을 찾아가는 것이, 만나는 것이

그렇게도 큰 기쁨일 줄은 몰랐습니다.

알기 이전에는 잘 몰랐습니다.

사랑에 대해 정말 몰랐습니다.

이제 사랑하는 내 삶을 살기로 했습니다.

우리는 새가 노래한다고 말한다. 그러나 새가 진짜 '노래'를 할까 하는 궁금증이 생긴다. 동물도 울음소리를 통해 의사소통을 한다는 연구 결과는 많지만, 진짜 노래를 하는 동물은 드물다. 새의 지저귀는 소리가 듣기 좋기에 '노래한다'고 표현할 뿐이다.

바다에 사는 혹등고래일명 흑고래는 진짜 노래를 한다는 연구 결과가 나와 관심을 끌었다. 그것도 1~3년에 한 번씩 바뀌는 '유행가流行歌'까지 있다고. 호주 퀸즐랜드 대학과 영국 세인트 앤드루스 대학 공동 연구팀은 호주 연안에 서식하는 혹등고래가 내는 소리를 13년 동안 연구한 끝에 "혹등고래의 음성 신호는 세대를 거쳐 조금씩 변할 뿐 아니라 1~3년에 한 번 유행이 바뀌듯 완전히 대체되기도 한다."고 과학 전문지 사이언스에 발표할 정도였다.

그런 까닭에 많은 고래 중에서 혹등고래가 궁금했다. 고래 연구에 미친 친구가 있어 덩달아 한동안 고래에 심취했었다. 우리는 어떻게 하면 혹등고래를 만날 수 있을까 하고 수년을 벼르다가 직접 눈으로 보고 싶어 친구와 방학을 이용해 비행기에 올랐다. 혹등고래를 볼 수 있다는 프랑스령 폴리네시아 타히티 바다로 가기 위해서. 아름다운 섬 타히티, 그 바다에 가면 정말 혹등고래를 만날 수 있을까 하는 걱정이 앞섰다.

그래도 믿었다. 운은 절로 따라 주는 게 아니라, 내가 찾아가고 내가 우리가 가져가는 것이라고 믿으면서. 설령 혹등고래를 만나지 못하더라도 운이 없었다고, 운이 따라 주지 않았다고 말하지 말자. 실패를 결코 운의 탓으로 돌리지 말자고 우리는 함께 단단히 마음먹었다. 타히티 바다에서 내가 애써 혹등고래를 찾지 말고 혹등고래가 나를, 우리를 만날 수 있는 시간을 만들자고 다짐했다.

타히티 바다에 도착한 다음 날, 우리는 억세게 운이 좋았다. 가이드 말처럼 최근 열흘이 넘도록 내내 심술을 부렸던 바다가 잠잠했다. 사진으로만 보던, 영상으로만 만났던 혹등고래와 조우遭遇했다. 앞서 만난 일행들은 파도가 심해 며칠 동안이나 인내심을 가지고 기다렸지만 결국 허탕을 쳤다고 들었다. 그래서 기대 반, 우려 반으로 바다로 나섰던 우리였다.

그리고 아, 마침내 보고야 말았다. 혹등고래를 만났다. 한마디로 대단했다. 정말 거대했다. 무슨 말로 어떤 말로 표현을 할 수 없을 만큼 거대한 고래였다. 이 세상에 이렇게 큰 고래도 있다는 사실에 입을 다물지 못했다. 그리고 정말 상상도 못 할 만큼 가까이서 매우 가까이서 혹등고래를 보았다. 그리고 그 대단한 분기噴氣: 고래가 물 위로 떠올라 숨을 내쉬는 것을 본 것도 대단한 행운이었다. 우리에겐 정말 엄청난 행운이었다.

혹등고래는 '바다의 수호자'라고 불린다. 엄청난 거대한 몸집에 맞지 않게 플랑크톤을 먹고 사는 혹등고래는 온순한 성격과 뛰어난 지능을 가진 것으로 알려져 있다. 물개나 바다표범을 범고래로부터 구해 주는 것으로도 유명하다. 성격은 대부분의 고래처럼 매우 온순할 뿐만 아니라 친절하기까지 하다.

예를 들어 스쿠버다이빙을 하다가 바닷속 깊은 곳에서 몸을 뒤집고 지느러미를 흔들며 다가오는 혹등고래와 마주친다면 가능한 빨리 배 위로 올라가는 것이 좋다고 한다. 혹등고래의 이 제스처는, 자신은 괜찮지만 이 밑은 작은 당신에게 위험한 구역이니 어서 빨리 위로 올라가라는 뜻이기 때문이다. 이 제스처가 뭔지 모르고 그 아래로 들어간 다이버들은 대부분 고수압, 소용돌이, 대형 상어 등의 위험과 마주쳤다고 하며, 특히 마지막의 경우에 올라오던 혹등고래가 자신을 따라 도로 내려와서 호위해 준 덕분에 겨우 살아났다고 한다.

출발 전에 보았던 다큐멘터리 방송에서는 촬영을 위해 가까이 다가간 스쿠버 다이버가 자기 지느러미에 다칠까 봐 의도적으로 다이버를 피해서 지느러미질하는 광경이 촬영되기도 했다. 내레이션에서도 분명히 다이버가 상처 입을 것을 우려한 의도적 행동이라고 했을 정도다. 그 외에도 혹등고래는 다른 위험에 빠진 다른 고래종을 위험에서 구해 주거나, 범고래의 공격으로부터 위기에 처한 바다표범을 20분 동안 지켜 주는 등의 이타적인 행동들이 관측되었다. 생물학자들의 설명에 따르면 이러한 행동들은 혹등고래에게 있어 아무런 이득이 없는 말 그대로 '선행善行'이라고 한다.

혹등고래를 만나는 시간은 정말 설레고 행복했다. 비록 짧은 시간이었지만, 그 시간을 통해 느낀 것은 누구나 좋아하는 게 분명해야 설레는 삶을 살 수 있다는 점이다. 행복을 거창하게 생각해서는 절대 행복해질 수 없다. 살면서 가고 싶은 곳 하나쯤 가슴에 여미고 있어야 하는 것이 인생이기에.

우리는 살면서 성공보다 실패를 더 자주 경험한다. 그래서 실패에 익숙하다. 작은 실패에 쉽게 좌절하지 말라는 조언도 많이 듣는다. 실패했다는 것은 목표가 아직 저기 견고하게 존재한다는 의미이고 그렇다면 그것을 향해 다시 도전하면 되는 것이다. 사랑은, 내가 찾는 사랑은 기다리지 않고 찾아가는 것이다.

우리 시대의 청춘이 그랬으면 좋겠다.

우리 시대 젊음이 다 그랬으면 좋겠다.

우리 시대의 사랑이 모두 그랬으면 좋겠다.

사랑하고 그리워할 줄 아는 삶을 살았으면 좋겠다.

그냥, 그래서, 그래도 사랑

백우선 ┃ 시인

사랑은 이 세상과 우주를 움직이는 위대한 에너지, 생명의 영혼입니다. 문학이라는 이름의 도끼로 우리 삶의 '카르마 karma'인 사랑을 깨우고 싶었습니다.
– '작가 서문'·'작가 후기' 중에서

저자와 필자는 1990년부터 2012년 2월까지 같은 고교 교사였고 지금까지도 계속 만나고 있다. 그런 면에서 누구보다 저자를 비교적 잘 안다. 저자는 국어교육과 문학창작에 열과 성을 다하는 사람이다. 2017년에 펴낸 교단 산문집 『내가 준 사랑은 얼마큼 자랐을까』의 앞날개에는 이렇게 소개돼 있다일부 생략.

"… 고등학교에서부터 문학에 심취하여 줄곧 문예반 활동을 하였고, 백일장을 비롯한 많은 전국대회에서 수상하면서 특기자로 대학에 입학하여 문학 장학생으로 공부했다. 『세계일보』

신춘문예, 『동서문학』, 『현대시문학』, 『한국문인』 등에서 신인 문학상을 받은 이후 왕성한 작품 활동을 하고 있다. … 글쓰기 지도 교재로 『창의적 사고와 글쓰기』, 『단단한 기본기를 다지는 글쓰기 마당^{편저}』과 논술지도 교재로 『단숨에 쓰는 글쓰기』, 『대입논술의 입문과지도의 실제 1·2』, 『단숨에 풀리는 논술 Ⅰ·Ⅱ』를 펴냈다."

새로 내는 이 책은 '테마 에세이' 집으로 동서고금의 감동적인 '사랑' 이야기들을 들려준다. 분류에 모호함이 없지 않으나, 필자는 제목에 한 항목을 더 늘려 무조건적인 '그냥 사랑', 특수한 관계나 사연이 전제된 '그래서 사랑', 대개는 외면하거나 포기하는 '그래도 사랑'으로 나누어 수록작을 함께 살펴보고자 한다^{지면 관계로 3편씩만 발췌, 압축 인용함}.

[1] 그냥 사랑

만고불변의 모성애, 지고지순한 수녀의 아픈 이들 사랑과 감동적인 마무리, 펭귄의 헌신적인 아기새끼 사랑이 있다. 이외에도 봄꽃을 보면서 절로 생각하게 되는 사람, 10년이나 못에 박힌 도마뱀을 먹여 살린 다른 도마뱀, 새 생명을 위해 자기 목숨을 포기한 임신부, 영영 잊지 못하는 첫 연인, 스스로 찾아가 목숨을 구해주는 혹등고래 등에 관련된 사랑도 우리의 가슴을 울린다.

"떠난 뒤에야, / 비로소 아는 것이 사랑이다. / 어머니의 사리는 사랑이다."
– 「떠난 뒤, 비로소 안다」 중에서

＊

… 소록도에서 … 봉사를 했던 오스트리아 출신의 마리안느와 마가레트 수녀 간호사 …. … 두 천사는 무려 43년 9개월을 봉사했습니다. "나이가 들어 더 이상 제대로 일을 할 수 없게 되어 떠납니다. 이곳에 부담을 주기 전에 떠나야 …. 부족한 외국인으로서 … 저희의 부족함으로 마음 아프게 해드렸던 일에 대해 용서를 빕니다."… 일흔을 넘긴 두 사람은 이 편지 한 장을 남겨두고 … 새벽에 배로 군산으로 와서 … 다시 고국으로 …. … 들고 왔던 그 작은 가죽가방만 하나, … 달랑 그들의 손에 쥐어져 있었습니

다. … 지금도 3평 남짓한 방 한 칸에 살면서 방을 온통 한국의 장식품으로 꾸며 놓고 … '소록도의 꿈'을 꾼다고 합니다. … 방문 앞에는, … 한국말로 … . '선하고 겸손한 사람이 되라'….

– 「두 천사, 꽃보다 사람이다」 중에서

*

… 황제 펭귄, 남극의 신사 … 육아에 관련된 모든 것을 암수가 함께 합니다. 펭귄이 얼어 죽지 않고 생존하는 비법은 … '허들링huddling'의 힘 때문입니다. … 함께 모여 서로의 체온으로 혹한의 겨울 추위를 견디는 방법입니다. … 서로의 자리를 바꿈으로써 … . … '펭귄 밀크'…. 4개월간 굶은 펭귄이 새끼를 위해서라면 먹었던 음식물을 내어줄 수 있음에 … . 심지어 내장의 일부분이 섞여져 나오는 고통을 겪으면서까지 … .

– 「펭귄과 허들링」 중에서

[2] 그래서 사랑

조선시대 원이 엄마 부부의 절절한 사랑, 어느 지역의 이웃 사랑, 무생명체도 감응하게 한 사람의 기계 사랑이 있다. 그리고 소홀히 하기 쉬운 자기 사랑, 아들 잃고 혼자 사는 여인의 남의 자식을 위한 신장 제공, 치매 아내를 잘 돌보기 위한 91살 노인의 요양보호사 자격증 취득, 결혼 76년차 89살 아내와 98살 남편의 천진한 사랑, 상대에게 날개를 달아 주는 사랑, 밥상을 통해 돌아가신 엄마를 못 잊는 사랑, 전쟁이 일어나지 않게 하려는 평화 사랑 등도 전율이 느껴지는 이야기다.

1998년 안동에서 발견된 편지로 … 450년 전 조선시대에 있었던 사랑 이야기입니다. … "원이 아버지에게. 당신, 언제나 나에게 둘이 머리 희어지도록 살다가 함께 죽자고 하셨지요. 그런데 어찌 나를 두고 당신 먼저 가십니까? … '여보, 다른 사람들도 우리처럼 서로 어여삐 여기고 사랑할까요? 남들도 정말 우리 같을까요?'… 당신을 여의고는 아무리 해도 나는 살 수가 없어요. 빨리 당신께 가고 싶어요. 나를 데려가 주세요."… 무덤의 주인인 남편에게 보낸 아내의 편지입니다. 함께 나온 미투리는 … 한지에 "이 신

신어 보지도 못 하고…"라는 내용으로 보아 병석에 누운
남편을 위해 자신의 머리카락으로 신을 삼았으나 신어 보
지도 못 하고 죽자 ⋯ 함께 묻어 준 것으로 보이네요.
– 「영원한 사랑」 중에서

⁂

⋯ 서울 연남, 연희동. ⋯. 포토존 ⋯ 개성 있는 인테리어
나 시그니처 메뉴 ⋯, 방앗간 겸 카페 ⋯ 참깨라떼 ⋯ 주
민들이 가장 사랑하는 중국집 ⋯. "⋯/ 어울림과 빚어냄이
공존하는 아름다운 동네의 세상살이를 만났다./ 영원히 시
들지 않을 것 같은 이웃 사랑을 만났다."
– 「어울림과 빚어냄」 중에서

⁂

생명이 없는 기계도 사랑을 알까. ⋯ P제철소에서는 직원
들이 기계에 감사 스티커를 붙이면서 "고장이 없어서 고맙
다"는 인사를 전했다. ⋯. 그런데 시간이 흐르자 거짓말처
럼 기계의 고장률이 떨어지기 시작했다. ⋯. 기계에 보인

'관심'은 말할 것도 없이 '사랑'이다.
– 「시, 수필, 소설이 되다」 중에서

[3] 그래도 사랑

내세울 것 없는 부모도 존중하는 자녀, 방탄소년단의 러브 유
어셀프, 짧은 여생을 사랑하고 즐긴 시한부 인생은 삶에 대한
긍정적인 사랑이다. 또 어느 그룹 회장의 은퇴와 창업 도전 선
언, 시청각 장애인의 삶을 변화시킨 수녀의 사랑, 예쁘거나 좋
지 않아도 아주 나중까지 해 주는 사랑, 스스로를 버린 이에
대한 사랑, 사지가 없는 선천적 장애아에 대한 부모의 사랑 등
도 우리가 사는 세상을 아름답게 한다.

우리 모두가 어떤 경우에라도 내 부모를 부끄러워하지 않
아도 된다는 것을 내가 증명하고 싶습니다. … 무엇보다
내 아버지와 어머니가. 더불어 우리 모두의 부모가 함께
존중받길 …. … 아버지가 막노동꾼이라는 사실을 고백한
아나운서…. … 그녀의 아버지는 … 초등학교…도 채 다니
지 못했습니다.   – 「갈대의 나이테」 중에서

"먼 옛날 페르시아의 왕이 신하들에게 명령했다. / 슬플 때는 기쁘게, 외로울 때는 즐겁게 하는 물건을 찾아오라고. / 신하들은 … 노래를 왕에게 바쳤다. / … "…. 그룹 BTS방탄소년단이 새 앨범 '맵 오브 더 솔 : 페르소나MAP OF THE SOUL : PERSONA'로 영국 기네스 월드레코드 3개 부문에서 신기록을 세웠다. … 작년 … 러브 유어셀프 시리즈가 '나 자신을 사랑하는 것이 진정한 사랑의 시작'이라는 메시지를 담은 내용이라면, 연작의 문을 연 새 앨범 페르소나는 '너에 대해 알고 싶다'는 내용을 담고 있다.

- 「우리에게 그들은 사랑이다」 중에서

❋

… 「특별한 부고訃告」…. … 베일리 매더슨은 지난 4월에 불과 35세의 나이로 세상을 떠났다. 그녀는 2017년 1월에 희소암 중 하나인 '평활근육종'판정을 받았다. … 그녀의 삶이 2년밖에 남지 않았다는 시한부 선고까지 내려졌다. 그녀는 … 모든 치료를 중단하고 세계 곳곳을 여행하기로 했

다. …. 암 판정을 받기 3개월 전, 데이트 앱을 통해 만난 남자친구 브렌트 앤드류도 대부분의 여정에 동행했다. … 절친한 친구 줄리 캐리건도 함께였다. …. 매더슨의 글은 35년 동안의 삶은 … 정말 좋았다는 문장으로 시작된다. …. 끝으로 글은 '작은 것에 지나치게 연연하지 말고 인생을 좀 더 즐겨라'라는 문구로 마무리됐다.
　　－「특별한 마무리」 중에서

이 책에 수록된 글의 일부만을 편의상 위와 같이 살펴보았다. 그러나 분류 여하, 언급 유무와 무관하게 글마다의 사랑은 하나하나 모두 소중하고 아름답다. 57편의 글을 읽고 거듭 읽으면서 글의 주인공들처럼 더불어 살아가기를 염원한다. 삶의 면면을 편편의 글로 살려 그 일생을 한 권의 '사랑 책'으로 만들어 내는 것보다 더 즐겁고 기쁜 일이 어디 있으랴! 책을 읽는 독자의 과분한 행복이다.

무엇보다 이 책은 우리 삶의 카르마 '사랑'을 화두로 세상을 살아가는 따뜻한 마음과 지혜를 다룬 내용이 주를 이루지만 삶의 착함과 정직함, 따스함을 찾기 위한 저자의 열정과 집념이 곳곳에 배어 있다. 우리가 사는 세상의 희망이자 마지막 보루인 사랑마저 점점 그 빛을 잃어 가는 차디찬 메마름과 정신적 황폐함 속에서 우리에게 따뜻한 사랑의 한줄기 빛을 던져 주고 있다.

저자의 머리는 한결같이 냉철하게 세상을 통찰하면서도 사람을 바라보는 부드럽고 따스한 시선과 관심을 매개로 참다운 사랑이란 무엇이고, 진정한 사랑이란 어떤 것인가에 대한 근본적인 물음을 던진다. 그리하여 정작 삶의 본질에 다가서지 못해 아파하는 이들을 위해 진지한 대답을 들려준다. 그리하여 사랑의 경험이 부족하고 익숙하지 못해 사랑에 서툰 모든 이들에게 더불어 나누며 사랑하는 방법의 메시지를 한 줄 한 줄의 시와 산문으로 전해 주는 에세이다.

백우선

1981년 『현대시학』 천료. 1995년 「한국일보」 신춘문예 동시 당선. 시집 『탄금』 등. 동시집 『지하철의 나비 떼』 등.

얼마 전, 가까운 친구가 진지하게 물어본 적이 있습니다. 그렇게 힘들여 머리 아프게 글은 왜 쓰냐고. 당황스런 질문이기도 했지만 얼른 대답 못 하고 다만 그저 웃고 말았습니다.

글을 쓰는 사람은 누구나 대부분 경험하는 일이겠지만, 하루에도 수십 개, 한 달이면 수백 개의 별 볼 일 없는 소재와 모티프motif를 만납니다. 그러다가도 무릎을 탁 칠 만한 정말 좋은 딱 한 개를 만났을 때, 그보다 참 행복한 일도 없지요. 그럴 때에는 길을 가다가도 휴대폰 메모장에 적고 늦은 밤에도 잠을 못 이루고 씁니다. 나름 애를 쓰고 용을 쓰며 씁니다.

며칠간 아무것도, 어떤 것도 쓸 수 없었던 무력감 속에서 얼마간 벗어나 비로소 스스로 뭔가 해낸 것 같은 황홀감에 젖어들면서 대단한 글을 썼다는 착각에 빠져들지요. 그렇게 행복한 마음으로 잠자리에 들었다가 다음 날 아침 어젯밤 공들여 쓴 글을 다시 읽어 보면 완전히 '똥poop'임을 알고는 허탈해한 적이 한두 번이 아니었습니다. 그래도, 그럼에도 제대로 된 글을 한 편이라도 남기기 위해 죽을 때까지 계속 써야 하는 사람이 작가입니다.

글쓰기가 그렇습니다. 잘 쓴 글도, 잘못 쓴 글도, 실패한 글의 잔해殘骸도 자신의 분신分身이고 자산資産입니다. 먼저 쓴 글의 실패는 다음 글을 보다 더 잘 쓰도록 똑똑하게 만들어 주니 반드시 꼭 나쁘다고만 말할 수 없습니다. 그래서 지금은 앞의 그 친구가 다시 글을 왜 쓰냐고 묻는다면 이렇게 대답할 것입니다.

잘 쓰지 못해서 글을 잘 쓰고 싶어서 쓴다고. 그리고 가능하다면 다른 사람들과 그 글을 함께 나누고 싶어서 쓴다고. 그것은 무엇보다도 내가 사는 세상을, 이 세상에 사는 사람들을 사랑하기 때문에 쓴다고 말입니다. 이러한 정말 그저 소박한 마음인데 이것도 다른 사람들은 대단히 거창하다고 여길지도 모르겠습니다.

이 책에서 다루고 있는 사랑은 우리 사는 세상 이야기입니다. 늘 한결같이 말하지만 우리에게 주어진 시간은 사랑을 나누기에도 부족합니다. 이 책은 작가가 대단한 무슨 인생 통찰을 통해 얻은 것이라고 생각지 말았으면 합니다. 다 함께 숨 쉬고 나누고 서로 몸 부비며 사는 이야기를 그저 그런 일회성 에세이가 아닌, 우리 마음에 따스하게 두고두고 남을 수 있는 보다 새로운 에세이에 대한 몸부림, 가슴에 남을 만한 에세이를 시도하고 도전했을 뿐입니다.

문학이라는 이름의 도끼로 우리 삶의 '카르마karma'인 사랑을 깨우고 싶었습니다. 아울러 이 책이 따뜻한 우리 세상을 만드는 데 조금이라도 기여한다면, 나름 힘들여 쓴 제게는 다시 새 글을 쓸 수 있는 원천이 될 것입니다.

세상살이가 이미 한 편의 시이고 수필이며 소설인데, 굳이 책으로 낸 것은 작가라는 직함만 가지고 빈둥빈둥 놀고 있기가 몹시 부끄러웠기 때문입니다. 아무쪼록 이 책이 독자에게 따스한 햇살이 되고, 시원한 바람이 되고, 함박눈이 되었으면 하는 바람입니다.

                          − 다가올 가을을 앞두고 남한산성에서

좋은 말과 좋은 글은 언제나

사랑하기에 적당하고 알맞도록

사람 사는 세상을 따스하게 만듭니다.